Wieviel Zeit bleibt zum Jungwerden?

VJG-ERZÄHLBUCHREIHE

Die Deutsche Bibliothek – CIP-Einheitsaufnahme

Wieviel Zeit bleibt zum Jungwerden?: Geschichten für alle (Zwischen-)Fälle / Peter Hitzelberger (Hg.). Mit Ill. von Emmy-Claire Haag. – 1. Aufl. – Leinfelden-Echterdingen: Verl. Junge Gemeinde, 2000
(VJG-Erzählbuchreihe)
ISBN 3-7797-0365-3

1. Auflage
Titelbild: © Sieger Köder, Harlekin mit Geige
Umschlaggestaltung und Typografie:
Dieter Kani, Stuttgart
Satz, Druck und Bindearbeiten:
Wilhelm Röck, Weinsberg

ISBN 3-7797-0365-3

Peter Hitzelberger (Hg.)

Wieviel Zeit bleibt zum Jungwerden?

Geschichten für alle
(Zwischen-)Fälle

mit Illustrationen von
Emmy-Claire Haag

VERLAG JUNGE GEMEINDE

Inhalt

Nur eine Wasserlache

Spuren

Spuren

Gott, deine Spuren
sind mitten in meinem Leben.
In meiner Welt bist du.
Im Raunen des Windes, den ich spüre.
Im Lachen des Kindes, das ich höre.
In der frischen Luft des Morgens,
da bist du!

Du bist mitten im Leben.
Deine Spuren finde ich
in meiner Welt.
Du kommst zu mir:
Im Laternenschein am Abend,
im Brief aus der Ferne,
im freundlichen Gesicht,
dem ich begegne.
Überall bist du.

Ja, deine Spuren sind
mitten in meiner Welt.
Im winterlichen Tanz einer Schneeflocke,
die ich bestaune.
Im Klang der Glocke,
dem ich lausche.
Im vollen Akkord, in deinem Wort,
da bist du, immer wieder du!

Und ich will hören,
hören, was du mir sagst.
Mit offenen Ohren,
mit offenem Herzen
will ich hören.
Wovon du sprichst.
Wie du es sagst.
Was du willst.

Wieviel Zeit bleibt zum Jungwerden?

Einmal in der Woche habe ich als Gemeindepfarrer eine Sekretärin zur Verfügung. Sie kommt dann für vier Stunden ins Gemeindebüro, um angefallene Schreibarbeiten zu erledigen. Vor wenigen Wochen sollten die Einladungen zur goldenen Konfirmation hinausgehen.

Meine Sekretärin war gerade gekommen, als ich die letzten Zeilen des Einladungsbriefes schrieb, nur ein, zwei Sinnsprüche suchte ich noch, die den Text unterstreichen sollten. Für solche Fälle habe ich eine kleine Spruchsammlung. Es sollte also kein Problem sein, das Richtige zu finden.

Halblaut las ich: »Das Alter nimmt dir nichts, was es dir nicht erstattet.« (Friedrich Rückert)

Meine Sekretärin wehrte energisch ab: »Hören Sie auf! Das Wort ›Alter‹ stößt doch gleich vor den Kopf. Außerdem sind die Goldkonfirmanden erst so um die Mitte Sechzig.«

Gut, dachte ich, vielleicht sollte ich es wirklich frischer probieren: »Alles, was Spass macht, erhält jung!« (Curd Jürgens)

Wieder erhob sie Einspruch: »So dick auftragen müssen Sie auch nicht gleich. Da merkt doch jeder die Absicht!«

Mein nächster Vorschlag klang eher nachdenklich: »Du kannst dein Leben nicht verlängern noch verbreitern, nur vertiefen.« (Gorch Fock)

Auch diese Weisheit fand keine Zustimmung. »Nicht verlängern? Meinen Sie das wirklich? Sport im Alter... Man sollte die Leute nicht entmutigen...« Die Dame schüttelte den Kopf über diese Zumutung.

Noch einmal setzte ich an: »Solange wir leben, ist Gott mit uns; wenn wir tot sind, sind wir bei Gott.« (Karl Witte)

Heftiger Protest klang zu meinem Schreibtisch herüber: »Wie können Sie nur! So eine schöne Feier, die goldene Konfirmation, und da fangen Sie an, vom Tod zu reden!«

Ich wandte etwas kleinlaut ein, dass ja schon einige der Altersgenossen nicht mehr am Leben seien und ein Mann mit fünfundsechzig Jahren – laut Statistik – gerade noch sieben, acht Jahre (durchschnittlich) zu leben habe.

Außerdem: wer alt wird, habe doch die besondere Möglichkeit, sich in der ihm geschenkten Zeit aufs Sterben einzustellen. Ihm sei Zeit gegeben zum Gebet oder um den Gottesdienst öfter besuchen zu können oder gar neu zu entdecken und einzuüben. Meiner Erfahrung nach gebe es immer weniger Menschen, die in ihren Altersjahren auch eine Wende in dieser Hinsicht vollzögen. Und überhaupt...

Meine Sekretärin unterbrach mich. Sie hatte sich das Spruchbüchlein gegriffen, las eine Weile aufmerksam darin und hielt mir nun mit einem ironischen Lächeln einen Vers von Wilhelm Busch unter die Nase. »Meist in Wagen, die nicht federn, selten nur auf Gummirädern, fährt der Mensch durch diese Welt, bis er in die Grube fällt.«

Sehr zartfühlend fand ich das nicht. Ich nahm ihr das Büchlein aus den Händen und sah, dass auf derselben Seite links unten noch etwas stand. Es hörte sich merkwürdig an:

»Es dauert sehr lange, bis man jung wird.« Der Autor, einer derjenigen, denen ein vitales und schöpferisches Alter gegeben war, hatte es gesagt: Pablo Picasso. Ich überlegte: Nach dem Maß, das Picasso hier anlegte, könnte man sagen: Ein fünfundsechzigjähriger Mensch hat unter Umständen noch fünfundzwanzig Jahre Zeit, jung zu werden.

Jung werden – das hatte hier nichts mit dem äußeren Erscheinungsbild zu tun. Es ging um das innere Jungwerden. Aber wie war das gemeint?

Mir fiel zu diesem verblüffenden Stichwort »jung werden« ein Psalmvers ein. Nach dem 103. Psalm will Gott es an mir wirken, »dass ich wieder jung werde wie ein Adler«. Der König David hat diesen Psalm gedichtet. David, den wir aus der Bibel kennen als jugendlichen Helden und als schwachen Greis.

Er hat den ganzen langen Weg eines Menschenlebens abgeschritten und ein Wort darüber gestellt: Lob. »Das Hohelied der Barmherzigkeit Gottes« steht über dem 103. Psalm, und er beginnt und endet: »Lobe den Herrn, meine Seele!«

Ich fühlte mich plötzlich aus den Schwierigkeiten mit meinen Sinnsprüchen befreit. Ich hatte das Motto gefunden, dass über der Einladung stehen sollte: »Lobe den Herrn meine Seele ... und vergiss nicht, was er dir Gutes getan hat.«

David, der diesen Psalm gedichtet hat, hat diese scheinbare Widersinnigkeit in Picassos Aussage schon lange vorweggenommen, und er hat sie in den einzig richtigen Zusammenhang gestellt.

Außerirdische oder Betrunkene

Am Morgen nach der durchschneiten Nacht war die Welt wie verwandelt. Ich will das Wort niederschreiben, das in vergangenen Zeiten so oft zu lesen und zu hören war: verzaubert. Ein Wort, das heutzutage fast vergessen ist, weil es nicht mehr in eine sachlich-technische Arbeitswelt passt. Wer empfindet noch den Zauber eines frühen Wintermorgens? Ganz sicher nicht die Autofahrer, die zur Arbeit rasen. Gut, ich gebe ja zu, dass auch ich nicht gerade zauberhafte Gefühle hege, wenn ich den Wagen aus der Garage hole und Flocken gegen die Windschutzscheibe wirbeln. Allerdings gibt es eine Möglichkeit, die Schönheit eines Wintermorgens zu genießen: Man muss sich in Ruhe und zu Fuß auf den Weg machen.

Ich trat also aus dem Haus und schaute mich um: ich scheute mich, den Fuß auf den Gehsteig zu setzen. Wann sonst sind schon Wege und Straßen so rein, so unberührt, wie an einem Schneemorgen? Würde ich versuchen, diesen weißen Zauber einem Bewohner der Tropen zu beschreiben, er würde mir nicht glauben. Alle

Bilder und Beschreibungen können eben die Winterwirklichkeit bei uns zulande nicht wiedergeben.

Da ich Dringendes zu erledigen hatte, konnte ich mich nicht länger mit poetischen Betrachtungen aufhalten. Andererseits gibt es ja nichts Dringendes, das sich mit der Zeit nicht selbst erledigt. Zeit muss man einer Sache lassen, und Geduld muss man haben. Mir fiel ein, dass ich mich schon eine Weile nicht mehr an diese Lebensphilosophie halte, seit den schlechten Erfahrungen, die ich mit ihr im Umgang mit dem Finanzamt machte.

Behutsam setzte ich die ersten Fußstapfen in den Schnee. Und ganz plötzlich, ich weiß nicht wie mir geschah, packte es mich. Jutta, meine Frau, meint in solchen Situationen ja immer, es sei Zeit, dass ich endlich erwachsen werde. Sicher hat sie recht, aber an diesem Morgen musste ich dem Kind in mir nachgeben.

Ich ging in dem unberührten Schnee einmal im Kreis herum, blieb stehen und betrachtete im matten Licht des frühen Morgens die Spur, die ich gezogen hatte. Ein Kreis, ein einfacher Kreis im frischen Schnee der menschenleeren Straße.

Ein zweiter Kreis entstand, dann ein dritter. Lustig sah es aus, weit und breit nichts, nur diese glatte weiße Fläche und mitten drin drei Kreise. Ich drehte mich um und ging rückwärts, mindestens zwanzig Meter weit, bog im rechten Winkel ab und kehrte zum Ausgangspunkt zurück. Tief aus der Vergangenheit stieg eine Erinnerung auf; mein altes Indianerbuch mit seinen bunten Bildern. Glücklich schritt ich erneut etwa fünfzig Schritte geradeaus, kehrte dann, rückwärts gehend, in derselben Spur zurück. Es erforderte einige Konzentration! Am Ausgangspunkt angelangt, betrachtete ich mein Werk. Mitten im Schritt hörte meine Spur auf. Gut gemacht, Old Shatterhand! – Ich zog eine Acht, einen Bogen, zuletzt wieder einen Kreis, ging von ihm weg ein Stück geradeaus und in derselben Spur zurück. Es machte Spaß zu überlegen, was ein nachfolgender Betrachter wohl denken würde bei Spuren, die sich in Nichts auflösten.

Endlich mahnte mich ein Blick auf die Uhr, in die Wirklichkeit des Tages zurückzufinden. Eine gute halbe Stunde hatte ich mit meinem Spuren-im-Schnee-Spiel zugebracht. Es war keine vergeudete Zeit gewesen, sie hatte mir eine kindliche Freude und Leichtigkeit geschenkt. Trotzdem fragte ich mich, ob wohl jemand meinen Schneespuren folgen und was er dann dabei denken würde. Aber so etwas erfährt man ja nie. In den Schnee geschrieben, alsbald zertreten oder zugeweht. Schneespuren, Menschenspuren, Lebensspuren..s.

Am Abend traf ich meinen Nachbarn. Wir kamen ins Gespräch. Über den Schnee. Wie verzaubert sehe die Welt aus, jedenfalls noch da, wo der Schnee liegen geblieben sei, hinterm Haus, im Garten, sagte ich. Mein Nachbar schüttelte missbilligend den Kopf: »Steril«, erwiderte er. »Steril sieht's aus. Wie in einem OP!«

»Übrigens«, fuhr er fort, »haben Sie heute morgen diese seltsamen Spuren bemerkt?«

»Ja«, sagte ich, »so gegen sieben Uhr, nicht wahr?«

»Richtig«, entgegnete er, »höchst seltsam! Man könnte fast an Außerirdische glauben. Es erinnert mich an die Zeitungsberichte im Sommer. Sie wissen schon, die Kreise in diesen englischen Kornfeldern... Entweder waren heute morgen Außerirdische am Werk, oder Betrunkene, oder Verrückte. Ich möchte keinem von ihnen begegnen!«

Blühendes Leben

In den warmen Monaten geht mir das Herz auf, wenn ich die blühenden Gärten, das reifende Obst oder die üppigen Gemüsebeete sehe. Es sprießt und sproßt und ich spüre, wie Leben mich umgibt, wie alles Leben wächst und gedeiht und reift. Meist vergesse ich, wieviel Mühe und Arbeit in dieser Pracht im Garten steckt. Nicht umsonst gibt es öffentliche Auszeichnungen und staatliche Preise für »unser schönstes Dorf« oder »den schönsten Garten«. Wieviel Hege und Pflege war notwendig, bis es soweit war! Bei Kälte mussten die Pflanzen abgedeckt, in der Trockenheit aufwendig mit Wasser versorgt werden. Düngen, Unkraut jäten, bewässern, nachschauen, umstechen, graben, neu aussäen und dann endlich ernten. Ich frage mich, ob sich jemand ernsthaft diese viele Arbeit machen würde, wenn er nicht gewiss wäre, am Ende belohnt zu werden? Ja, dankbar bin ich für die Fülle der Gaben in unseren Gärten.

Aber nicht nur dort wächst die Fülle heran, auch menschliches Leben kennt Früchte. Wie Blumen und Kräuter, Obst und Gemüse, Getreide und Gräser, so brauchen wir Menschen Sonne, Wärme, Regen und Kälte, damit unser Leben reifen kann.

Kälte und Trockenheit – die Krisenzeiten haben einen Sinn. Oft tragen sie schon neues, verwandeltes Leben in sich. Eine schwere Erfahrung kann zu einem Gefühl furchtbarer Auswegslosigkeit führen, aber in uns sind Kräfte vorhanden, die dann wirksam werden und uns befähigen, durch Angst und Dunkelheit hindurchzugehen.

Und es kann den Menschen in der Not verändern, wenn er sich gehalten weiß. »Von guten Mächten wunderbar geborgen ...«, schrieb Dietrich Bonhoeffer im Gefängnis. Die Bibel umschreibt diese Grenzerfahrungen mit Bildern aus der Natur: Der Same fällt in die Erde und wächst alleine. Aus Leblosem wird Lebendiges, aus Traurigkeit wird Freude, aus Chaos entsteht Ordnung. Das Dunkel wird licht. Vielleicht versteht das nur derjenige, der glaubt: Gott ist bei mir. Immer.

Wachsen geschieht wie von selbst. Dennoch gibt es manches, was dazu helfen kann: Wenn wir einander durch unsere Nähe und Gegenwart, durchs Anteilnehmen und Zuhören Kraft schenken. Oder wenn wir den Schrecken und Wundern, die uns widerfahren, sprachlich Ausdruck geben. Vor Menschen, aber vor allem vor Gott, kann ich Verzweiflung aussprechen – aber auch Dank. Das wirkt Veränderung, bringt Erleichterung, lässt heilende Kräfte wachsen.

Empfindsam werden fürs Wesentliche

Es gibt positiv eingestellte Menschen. Sie entdecken selbst im Unglück noch das Glück. Etwa die Bewahrung vor noch Schlimmerem. Oder das Kennenlernen freundlicher Helfer, die sie sonst nie getroffen hätten. Vielen Menschen wachsen im Unglück Kräfte und Begabungen zu, von denen sie vorher nichts ahnten.

Es gibt Leute, die sagen: »Es geht uns zu gut!« Aber: Was müßten diese Leute tun, wenn sie glauben, was sie sagen? Oder glauben sie etwas anderes als das, was sie sagen? Sind sie mit sich unzufrieden, weil sie Konflikte, Probleme, Ärger und Enttäuschungen mit übermäßigem Essen und Fernsehunterhaltung zuschaufeln?

Auf jeden Fall signalisiert die Äußerung, es gehe uns zu gut, eine versteckte Unzufriedenheit.

»Ich habe so viel um die Ohren, und da soll ich auch noch fasten und beten?« Martin Luther, der das hörte, soll darauf gesagt haben: »Oh, wenn du so viel zu tun hast, dann musst du noch mehr beten.«

»Ora et labora!« Diese Benediktinerregel kennt jeder. Bete und arbeite. Man findet das nicht schlecht. Besagt die Regel, man könne nicht nur aus-, sondern müsse auch einatmen? Ausatmen möchten viele alles das, was ihr Leben sauer macht. Einatmen möchten sie das, was den Rest ein wenig versüßt.

Die Vergnügungsindustrie wirbt mit einer reichhaltigen Palette von »Einatmungsangeboten«. Ginge man allen Verlockungen auf den Leim, könnte man sich in Hektik stürzen – oder passiv alles nur Angebotene aufnehmen. Es gibt viele Möglichkeiten, vor sich selbst und seinen Mitmenschen zu fliehen und dabei auch Gott aus dem Spiel zu lassen.

Die Bibel dagegen nennt Beispiele, wie Fasten, Stille und Gebet Menschen für Gott und den Nächsten aufschließen. Vierzig Tage fasteten Mose und Elia, auch Jesus, bevor sie mit einem heilsame Unruhe stiftenden Auftrag vor die Menschen traten.

Wenn wir fasten, wenn wir einmal auf all das verzichten, dann werden wir empfindsam für das Wesentliche. Wir werden durchlässig für das, was wir vorher möglicherweise grob fahrlässig übergangen haben. Und wir begegnen Gott. Wir lösen uns aus Verstrickungen, eine Wandlung tritt ein.

Unfreiwilliges Fasten und Beten wünscht man niemandem, obwohl auch das zum Segen werden kann.

Aber wer will erst die Hölle durchwandern, bevor er sich nach dem Himmel sehnt? Und ob ihn die Not beten oder fluchen lehrt, wer weiß das schon vorher?

Wer sich freiwillig oder unfreiwillig zum Fasten – Verzicht auf manche »Einatmungsangebote« oder auf Lebensmittel – entschließt, dem bleibt zu wünschen, dass seine Augen für das Wesentliche geöffnet werden. Wir konnten es ungehindert tun, denn wir besaßen damals, nach dem schrecklichen Krieg, wenig von dem, was Reiche so arm macht. Dafür wurden wir dünnhäutig, hellhörig und hellsichtig für das, was vielen unter uns nur anerzogen worden war. Noch sensibler wurden viele von uns, denen vorher Wesentliches vorenthalten worden war.

Erkennt man Helles nur im Dunkeln?

Warum soll es erst wieder finster werden, bevor Lebensmittel als Mittel zum Leben entdeckt werden. Der Mensch lebt nicht, um zu essen, er isst, um zu leben. Das sollten wir nicht noch einmal lernen müssen.

Gerd Schimansky

Nachtigallen-Loblied

Die hochbegabte Nachtigall ergötzt und füllt mit ihrem Schall Berg, Hügel, Tal und Felder« und mehr noch – unser Herz. Ob Paul Gerhardt wohl gewusst hat, dass dieser unscheinbare Vogel gegen Ende des Sommers nach Zentralafrika fliegt, um dort zu überwintern? Vielleicht wäre dann auch von diesem tapferen Flug noch die Rede gewesen, von dieser findigen Klugheit und der getreuen Rückkehr, hierher zu uns. Aber was ist das schon gegen ihren Gesang, den Paul Gerhardt in der dritten Strophe von »Geh aus, mein Herz« so innig preist.

Davon wurde schon eine Fünfjährige bewegend angerührt. Es war spät geworden an diesem Sommerabend, aber sie konnte nicht einschlafen. Schließlich setzte sich der Vater an ihr Bett: »Du kannst nicht einschlafen, Monika?«

»Vati, hör mal, da singt eine Nachtigall.«

»Ja, und?«

»Aber wenn alle schlafen, hört ihr doch keiner zu!«

»Schlaf ein, Monilein, ich bleibe wach. Ich will ihr zuhören.«

»Endlich schlief sie ein. Der Vater setzte sich auf den Balkon und hörte der Nachtigall zu, bis gegen Mitternacht. Hatte sie jemals so schön gesungen?

Dieser Lockruf, dieses »Wiedkarr« und »Tack, tack«. Strophe auf Strophe folgte. Und einem schluchzenden »Jüüüüd, jüüüüd« schloss sich wieder eine wechselnde Tonfolge an, eine unfassliche Tonfülle.

Neigt man zu nüchterner Betrachtungsweise, dann sagt man sich vielleicht, dass dieser unvergleichliche Gesang, der schon Ende Juni verklingt, doch auch der Verteidigung des Reviers gilt. Eine Art poetischer Abschreckung also. Ach wenn wir Menschen uns doch auch so wohlklingend voreinander schützten! Wehrhaft wirkt er ja auch, der kleine Vogel. Gar nicht scheu hüpft er in Sprüngen voran, bleibt hochaufgereckt stehen, schnellt den Schwanz empor und lässt die Flügel herabhängen.

Nicht nur Paul Gerhardt hatte es die Nachtigall angetan. Die Dichter aller Zeiten fühlten sich von ihr angezogen. Bei Aristophanes, also vor ca. 2400 Jahren, hörte sich das so an, sie »übertaut den ganzen Wald mit ihrer Honigstimme«. In Shakespeares »Romeo und Julia« ist sie umgeben von »Blumenduft und Mondenschein«; Hans Sachs rief: »Wach auf, es nahet sich der Tag! Ich höre singen im grünen Hag die wonnigliche Nachtigall...«

Dachte Heinrich Heine im fernen Paris an Deutschland, so war ihm als »hörte ich fern erklingen Nachtwächterhörner, sanft und traut. Nachtwächterlieder hör' ich singen, dazwischen Nachtigallenlaut«.

Ich erinnere mich, 1941 gab es einen UFA-Film, da erklang diese Weise:

»Sing, Nachtigall, sing ein Lied aus alten Zeiten. Sing, Nachtigall, sing, rühr' an mein müdes Herz! Sing, Nachtigall, sing von tausend Seligkeiten. Sing, Nachtigall, sing vom Liebesschmerz!«

Die arme Nachtigall! Auch für solch schmachtende Kitschgesänge musste sie herhalten.

Anders klingt das Lied, das der Verfasser des »Simplicissimus«, Johann Jakob Christoffel von Grimmelshausen gedichtet hat. Er erlebte am eigenen Leib die Schrecken des Dreißigjährigen Krieges. In all dem Elend hörte er der Nachtigall zu, für ihn war sie Trösterin und Lobsängerin:

»Oh, Nachtigall,
lass deine Stimm' mit Freudenschall
aufs lieblichste erklingen…
Lass dein Stimmlein laut erschallen,
denn vor allen
kannst du loben
Gott im Himmel, hoch da droben.«

Immer noch ist mir im Ohr, wie die Nachtigall in meiner ostpreußischen Heimat sang. Es ist ja das Männchen, das singt. Wir sagen »die Nachtigall«, unbewusst vielleicht, weil wir den kunstvollen Gesang eher dem weiblichen Geschlecht zuordnen.

In meiner Heimat nannten die Menschen den kleinen Vogel, der sich im dichten Buschwerk verbarg, »Sprosser«. Und im Sommer 1944, als jeder wusste, dass dieses Land den Winter, den zu erwartenden russischen Angriff nicht überstehen würde, lag ich im Lazarett. Abends sang die Nachtigall. Ich dachte an das alte Lied:

»Obwohl ist hin der Sonne Schein
und wir im Finstern müssen sein,
lass dein Stimmlein erschallen…«

Ja, es erschallte damals – über Freund und Feind, über die nahe Front hin. Und jetzt hören sie dort all die Vielen, die – oft ihrerseits vertrieben – in Masuren Heimat gefunden haben. Möge das süße Locken sie innig berühren und beglücken.

WIELAND SCHMID

Golden umrahmt

»Das ist ein hübscher Rahmen, den Sie für das Bild ausgesucht haben«, sagte ich, »er passt ausgezeichnet.«

Der Angesprochene mit dem weißen Haarschopf über der gefurchten Stirn beugte sich über den breiten Arbeitstisch zu mir her und stützte sich dabei mit seinen kräftigen Händen auf der Tischplatte ab.

Ich kenne den Mann schon lange, er fertigt noch Bilderrahmen auf besonderen Wunsch an, lebt und arbeitet allein. Manchmal ist er ein bisschen wunderlich. Was er sagt, ist nicht immer leicht zu verstehen. Er bewegt, was er sieht und hört, in seinem Herzen, er sinnt darüber nach und spricht nur zögernd, fast ein bisschen hilflos seine Gedanken aus. So war es auch jetzt, er hielt den Kopf gesenkt, als würde er mit sich selbst reden:

»Ich mag vielleicht ein ganz guter Rahmenmacher sein, aber es gibt noch einen besseren, mit dem ich mich nicht messen kann.«

»So? » fragte ich erstaunt, »wer ist es denn? Sicher ein großer Meister seines Fachs.«

Er nickte. »Ihnen kann ich's ruhig verraten, Sie werden mir nicht untreu. Sie sind schon so lange ein guter Kunde. Doch genau genommen sind Sie auch ein Kunde des anderen; es ist nämlich eine Frage des Alters, ob jemand zu diesem anderen findet. Die Jungen nimmt er nicht an, die wüßten seine Kunst noch nicht zu würdigen.«

»Sie machen mich neugierig«, erwiderte ich. »Wie heißt Ihr Kollege?«

»Eigentlich«, sagte der alte Mann und lächelte mir zu, »ist es kein Mensch. Ich spreche von der Erinnerung. Sie ist es, die alles umrahmt, was sich zu rahmen lohnt. Sie gibt den Dingen je nach Wert einen bronzenen, silbernen oder goldenen Rahmen. Je nachdem. Sie hat ein gutes Gespür dafür, was passt und was nicht passt. Und sie hat immer recht, selbst dann, wenn der Kunde anderer Ansicht sein sollte.«

Mit meinem frisch gerahmten Bild unter dem Arm verließ ich nachdenklich den kleinen Laden. Er war schon ein merkwürdiger Mann, dieser Rahmenmacher. Aber seine Worte ließen mich nicht los. Es stimmt, die Erinnerung wertet anders als unser Verstand. Die Erinnerung verfügt über ein vorzügliches Gedächtnis, nichts entgleitet ihr, und wie sie beurteilt, prüft und wählt ist oft schwer zu verstehen.

Da gibt es wichtige Ereignisse im Leben, sagen wir einen beruflichen Aufstieg, ein günstig abgeschlossenes Geschäft, das Gewinn brachte – trotzdem werden diese Dinge nach Jahren von anderem überlagert, zugedeckt, sie sinken ab, die Erinnerung schätzt ihren Wert anders ein. Einen teuren Rahmen dafür? Nein, sagt die Erinnerung. Und dann ist da ein kleines Erlebnis, eine Skizze nur, sie mag halb verblasst in einer Schicht unseres Unterbewusstseins liegengeblieben sein, plötzlich fällt das prüfende Auge der Erinnerung darauf und gibt dieser Skizze einen goldenen Rahmen.

In der Galerie meines Lebens hängen viele Bilder. Ich versuche zu erkennen, welche Bilder bronzen, silbern oder gar golden umrahmt sind. Es ist nicht einfach, die Gedanken gleiten immer wieder ab, wenden sich einem anderen Bild zu. Doch dann bleibe ich stehen: vor einer Wiese mit Schlüsselblumen. Ach, das war damals! Wie lange ist es schon her? Sechzig Jahre oder mehr? Hinter der Wiese war ein kleiner Wald und ein Weg, der zu einer schmalen Holzbrücke führte, die einen Bach überspannte. Ich betrat sie mit klopfendem Herzen, die Angst nahm mir fast den Atem. Es war die »Lügenbrücke«, über die ich ging, und mein Vater hatte mir erzählt, natürlich mit pädagogischen Hintergedanken, dass sie unter jedem zusammenbrechen würde, der einmal die Unwahrheit gesagt hatte. O Wunder über Wunder, sie brach nicht unter mir zusammen! Dieses Bild trägt in der Erinnerung einen silbernen Rahmen. Dabei ist nichts besonders Aufregendes oder Wertvolles an ihm.

In Gedanken wandere ich vorbei an anderen Bildern meines Lebens: eine Miniatur mit Trollblumen an einer Quelle mitten im feuchten Moos; ein kleiner Garten mit blühendem Kirschbaum, dahinter, in einer Ecke, ein riesiger Pfingstrosenbusch; ein Weg zwischen Kornfeldern unter hohem blauem Himmel – ich ging ihn nach einer schweren Krankheit in Urlaubstagen. Um diese letzte Skizze hat die Erinnerung einen goldenen Rahmen gelegt. Ich bleibe stehen vor Bildern von Ereignissen, die mich bedrückten, Schmerz bereiteten. Es waren Zeiten, da Gewinn und Verlust, Erfolg und Mißgeschick sich abwechselten. Merkwürdig, die Erinnerung fand sie keines Rahmens wert, höchstens einer schmalen hölzernen Leiste.

Viele Bilder, jedes Bild in genau dem passenden Rahmen – so sehe ich die Galerie meines Lebens. Etwas fällt mir auf: Wechselrahmen verschmäht die Erinnerung.

Wenn die Walderdbeeren blühen

Wir sitzen auf der Bank am Waldrand, es ist spät geworden, die Sonne schickt die letzten Strahlen über die Ginsterbüsche, und die ersten Mücken des Jahres summen an unseren Nasen vorbei. Ich zünde mir ein Pfeifchen an und im Nu sind sie verschwunden. Rings um uns Stille, und vor uns im Gras die winzigen weißen Blüten der Walderdbeeren. – Wie schön es sich träumt, wenn der Tag sich neigt…

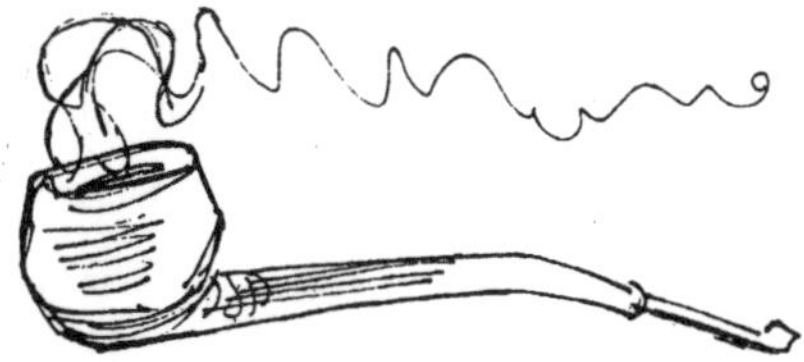

Mir fällt ein, wie es damals war, vor vielen Jahren, als die Walderdbeeren blühten, kleine Sternchen am Waldrand. Ich saß auf einem Baumstumpf und nahm meines Vaters Taschenuhr auseinander. Natürlich wusste er nichts davon und sollte auch nichts erfahren. Ich wollte nur wissen, wie die Uhr inwendig aussah, um sie dann gleich wieder zusammenzusetzen. Plötzlich stand Inge neben mir, die Tochter unseres Lehrers.

»Was machst du da?« – Sie hatte lange blonde Locken.

»Ich repariere eine Uhr.«

»Willst du einmal Uhrmacher werden?«

»Ja, vielleicht.«

Sie rümpfte die Nase und sprang über die Lichtung davon.

Ein paar Jahre später, wieder im Mai, saßen Inge und ich am Waldrand inmitten der blühenden Walderdbeeren. Inges blondes Haar leuchtete in der Sonne und fiel weit über ihre Schultern. Als ich in ihr frohes Gesicht schaute, spürte ich ein Kribbeln im Bauch. Der Ginster blühte, wir waren so jung, und die weißen Sterne der Walderdbeeren strahlten in der Sonne.

»Was machst du da?« fragte ich.

»Ich will wissen«, sagte sie, »ob du mich liebst!« Und ihre kleinen Finger zupften wichtig weiße Blütenblättchen von einem Walderdbeerenstiel. »Ja, nein, ja, nein, ja, nein... Also nein! Du liebst mich nicht!«

Sie lief weg, und ich rannte hinterher. Auf der Lichtung hatte ich sie eingeholt, hielt sie fest und küsste sie. Ich nahm eine neue Erdbeerblüte und sagte:

»Pass auf! Du musst es anders machen. Du zupfst und ich zähle. Nein und ja und nein und ja... Ja! Siehst du!«

Sie lachte unter Tränen, ihr Haar kam mir vor wie flüssiges Gold. Unsere Tage, so dachten wir damals, würden immer so sein: schön, leicht und lustig. Immer. Auch in tausend Jahren noch.

»Mach endlich deine dumme Pfeife aus! Dass du auch immerzu rauchen musst!«

Sie ist keine tausend Jahre alt, die Stimme, die mir das halb belustigt, halb ärgerlich zuruft. Ich kenne sie gut, diese Stimme.

»Komm«, sagt sie, »lass uns aufbrechen, es wird kühl. Denk an dein Rheuma!«

Sie hat ja recht. Inge, meine Frau, hat meistens recht. Beim Aufstehen von der Bank am Waldrand leuchtet ihr weißes Haar in den letzten Strahlen der Abendsonne.

Zwischenfall unterwegs

Die Fahrt verlief bis hierher glatt,
ich war dem Ziele schon ganz nah.
Doch, pfffff, da war der Reifen platt,
ich wusste nicht, wie mir geschah.
Ich hörte noch die Luft entweichen,
mit dem bekannt gemeinen Zischen.
Dem Leben kann man das vergleichen:
Es kommt uns oft etwas dazwischen!

Thomas Schleiff

Gerd Schimansky

Erlösende Heiterkeit

Hier also, dachte ich, hier spielte es sich ab, das Gruselige und Belustigende. Es war vor fast sechzig Jahren, dass ich nach Blaubeuren (Oberschwaben) und an den Blautopf kam und in das tiefe Quellwasser schaute. Doch es ist, als sei es gestern gewesen. In mir klingt nach, was Mörike da aus seiner Heimat erzählt, und ich denke an Albrecht Goes' Worte: »Man muss auf einer schwäbischen Landstraße fahren und zuhören, als hörte man sie zum ersten Mal, die »Historie von der schönen Lau«. Man muss selbst hinaus an den Blautopf und sich über das Wasser beugen.«

Seltsam, obwohl gar nicht weit entfernt Autos fuhren, spürte ich damals doch das Verzaubernde, das von jener wundersamen Gestalt ausging, die, der Sage nach, in diesem Wasser eine Zeitlang wohnte. Sie war eine Fürstentochter, die schöne Lau, halbmenschlichen Geblüts und mit einem Donau-Nix am schwarzen Meer vermählt. Aber sie wurde verbannt, weil sie ihrem Gatten nur tote Kinder gebar. Und warum? Weil sie nur traurig war. Ein lebendes Kind, so lautete die Weissagung, bekäme sie erst, wenn sie fünfmal von Herzen gelacht hätte. Dann dürfe sie zu ihrem Gemahl zurückkehren.

Rührt das nicht an die tiefen Bereiche unseres Seelenlebens – ob man lachen kann und wie und worüber man lacht? Es gibt die bloße Albernheit, das flache Gelächter, bei dem man eigentlich nichts fühlt. Es belebt nicht. Wie anders dagegen jenes Lachen, das nicht so »auf Anhieb« da ist, das ganz von innen her aufsteigt, diese den ganzen Menschen »erhellende« Heiterkeit, die es durchaus mit dem Dunkel dieser Welt aufzunehmen vermag. Sie kann uns im Alter noch geschenkt werden. Ich meine, dann sogar eher als in der Jugend, wo man dem Dunklen noch nicht so bewusst begegnet.

Mörike war das Dunkle bekannt, auch in der Gestalt des Unheimlichen. Er war, wie Albrecht Goes meint, »völlig zu Hause in der Welt des Kreatürlichen, im Reich der Elemente«, aber: »die helle Heiterkeit war ihm ebenso vertraut wie eine dumpfe Melancholie«. Der Dichter vereinte in der Gestalt der Wasserfrau vom Blautopf das Lichte mit dem Dunklen. Er beschreibt die schöne Lau, wie sie auf dem Grund des Blautopfs sitzt, »mit langen fließenden Haaren. Ihr Leib war allenthalben wie eines schönen natürlichen Weibs, dies eine ausgenommen, dass sie zwischen den Fingern und Zehen eine Schwimmhaut hatte, blütenweiß und zarter als ein Blatt von Mohn.

Beim Volk hieß sie die arge Lau im Topf, auch wohl die schöne Lau. Gegen die Menschen erzeigte sie sich bald böse, bald gut.« Hatte sie schlechte Laune, ließ sie das Wasser verheerend steigen und war dem nahegelegenen Kloster feind. Doch dazwischen geschah es nicht selten, »wenn Pater Emeran die Orgel drüben schlug und kein Mensch in der Nähe war, dass sie am lichten Tag mit halbem Leib heraufkam und zuhörte; dabei trug sie zuweilen einen Kranz von Blättern auf dem Kopf…« Den Hirtenjungen aber, der sie einmal verspottete, hätte sie fast ertrinken lassen. Sie wollte lachen lernen, denn sie wusste, erst wenn sie das konnte, war der Bann gebrochen. Menschen halfen ihr dabei, der Abt oder auch die Wirtin des nahegelegenen Gasthauses.

Aber das Lachen ist nur dann richtig, es gilt erst, wenn es plötzlich, spontan und aus vollem Herzen hervorbricht. Es ereigneten sich manch komische Situationen, an die sich die schöne Lau noch im Schlaf erinnerte, die sie im Traum dann zum Lachen brachten.

Die – manchmal auch verborgene – Komik des Daseins wahrzunehmen, welch eine Bereicherung! Wer lachen kann, der lässt sich nicht so leicht imponieren; spürt er doch, wie alle menschliche Würde und gar Wichtigtuerei leicht ins Wanken geraten kann.

Über alles Irdische hinaus gibt es das Lachen der Erlösten, so wurden etwa in der Kunst immer wieder die klugen Jungfrauen aus dem Gleichnis Jesu dargestellt. Sie sind voll Freude, denn sie ziehen mit brennenden Lampen zur Hochzeit.

Der Teufel aber kann nicht lachen. Er ist von tödlicher Humorlosigkeit. Humor hat ja etwas Versöhnendes, das kann er sich nicht leisten. Und er kann, wie Hildegard von Bingen schrieb, auch nicht singen, »er kann nur kreischen«. – Ich denke, im Jubel der Gläubigen vereinen sich Singen und Lachen, davon spricht auch das »Osterlachen«, das es einst in den Kirchen gab.

Eduard Mörike, der es zeitlebens schwer hatte, konnte so manchen Schwank und Possen in heiterer Beiläufigkeit erzählen. Er konnte von Herzen darauflos fabulieren – welche köstliche Befreiung aus Melancholie und Depression.

Als die schöne Lau endlich erlöst war, fünfmal hatte sie von Herzen gelacht, hinterließ sie am Blautopf einen Krug mit Silbergroschen für die Armen. Und der Krug füllt sich immer wieder auf. Auch fünf Glückstage bestimmte sie, die Tage, an denen sie hatte lachen können.

Wie sehr wünschte man es sich in unserer Zeit, dieses heilsame Gelächter, das aus einem tiefen Einverständnis und der Gewissheit erwächst: Das Lastende und Bedrohliche, es soll uns nicht den Atem verschlagen, den Atem, den wir zum Loben und Danken brauchen. »Die Welt ist mir ein Lachen mit ihrem großen Zorn«, dichtete Paul Gerhardt – mitten im Dreißigjährige Krieg.

Mein alter Apfelbaum

Ein paar hundert Meter von unserem Haus entfernt, am Rand einer Obstwiese, steht der alte Apfelbaum. Ein Gitterwerk von Stecken und Pfählen stützt seine weitausladenden, tief herabgebogenen Äste. Wie unter einem Dach können die Kinder darunter spielen, doch ein Erwachsener muss sich tief herab beugen und auf den Knien kriechen, wenn er sich an dem Stützwerk zu schaffen macht.

Zum Weg hin hat der Besitzer die niedrigen Zweige abgesägt, so ist der Apfelbaum etwas schief geworden. Er ist schon ein Veteran unter seinen Artgenossen, morsch und narbenbedeckt. Aber wenn es Frühling wird, blüht er – und wie er blüht! Kein anderer Baum weit und breit kann es mit ihm aufnehmen. Ich denke, es gibt keinen Spaziergänger im Mai, der nicht entzückt vor ihm stehen bleibt.

Mir geht es nicht anders, und so begrüßte ich eines Tages meine Familie, zu deren Verwunderung, nach einem Spaziergang mit den begeisternden Worten:

»Auch alte Bäume können noch blühen!«

Geradezu überschwänglich versuchte ich in Worte zu fassen, das mich beim Anblick des Apfelbaumes bewegt hatte:

»Du kannst alt werden, krumm und schief, auf stützende Stöcke angewiesen – und trotzdem kannst du noch blühen, anderen zur Freude. Darauf kommt es an.«

Seitdem geht mir dieses Bild oft durch den Sinn, und ich frage mich: Wie macht man das, im Alter noch blühen? Dabei fallen mir alte Menschen ein, die ich kennenlernte. Einige, meine ich, hatten Ähnlichkeit mit dem blühenden Apfelbaum.

Das war zum Beispiel das alte Ehepaar, das meinem Mann und mir nach dem Krieg das Einleben in der Fremde, die uns Heimat werden sollte, leicht machte. Die beiden teilten ihre Erbswurstsuppe mit uns, und, was wichtiger war, wir konnten miteinander reden. Trotz des großen Altersunterschieds verstanden wir uns. Fröhliche und tiefsinnige Abendstunden verbrachten wir gemeinsam. Ihre Lebensweisheit wirkte nie belehrend.

Ich denke auch an meine längst verstorbene Freundin. Zwanzig Jahre war sie älter als ich, doch ich empfand das nie als störend. Unser Briefwechsel war für mich ein Labsal, denn ihre Gedanken waren klar, sie vertrat einen festen Standpunkt, ohne Starrheit. Sie musste oft große Schmerzen aushalten. Trotzdem schrieb sie mir eines Tages:

»Es ist einfach zu wenig, nur seinen Leiden zu leben.«

Sie bezwang ihre körperlichen Gebrechen einem Kind zuliebe. Ein Schlüsselkind aus der Nachbarschaft durfte jeden Tag zu ihr kommen und bei ihr seine Schulaufgaben machen. Ich weiß nicht, wer von beiden glücklicher war über das erste Null-Fehler-Diktat.

Eine andere Bekannte, die ein schweres Schicksal hinter sich hatte, viel Kummer durch Krankheit und Behinderung im Familienkreis, lieh im Alter ihr geduldiges Ohr den Sorgen und Schwierigkeiten ihrer jüngeren Freunde. Ich habe es vor Jahren selbst erfahren, wie sie zu ermutigen verstand. Nach einem Gespräch mit ihr fühlte ich mich gestärkt. Und ich wusste, dass sie für mich betete. Sie verwandte viel Zeit für die Fürbitte.

Sollte ich ausdrücken, was diese alten Menschen auszeichnete, so würde ich sagen: Verständnis und Liebe.

Woher nahmen sie die Kraft? Ein Satz, der sich in Rita von Gaudeckers Briefen an einen jungen Buchhändler findet, könnte für alle vier, die ich hier nannte, als Antwort gelten:

»Wir ohnmächtigen Menschen leben ganz einfach aus Gnade.«

Noch deutlicher wird das im 92. Psalm gesagt. Dort stehen die Verse: »Die gepflanzt sind im Hause des Herrn, werden in den Vorhöfen unseres Gottes grünen. Und wenn sie auch alt werden,

werden sie dennoch blühen, fruchtbar und frisch sein, dass sie verkündigen, wie der Herr es recht macht.«

Jörg Zink übersetzt die letzte Zeile etwas anders, für mich verständlicher. In seinem Text heißt es: »...um die Verlässlichkeit des Herrn zu zeigen.«

Das finde ich schön. Ich sehe meinen alten Apfelbaum vor mir, über und über blühend, als ein Zeichen der Verlässlichkeit Gottes.

Die Osterhasenwerkstatt

Warm schien die Frühlingssonne, und ich spazierte mit Mariele Richtung Forsthaus. Wie idyllisch lag es doch am Wege, von Tannen und Fichten umsäumt. Gutgelaunt blickte der Förster aus dem Küchenfenster.

»Ja, wer ist denn das?« rief er vergnügt. »Wohin des Wegs, kleine Dame?«

»Spazieren«, antwortete Mariele. »Morgen kommt der Osterhase!« setzte sie wichtig hinzu.

»Morgen kommt der Osterhase«, ahmte sie der Förster nach. »Na, dann halte die Ohren steif, damit er dir was bringt!«

»Wir wollen die Werkstatt des Osterhasen besuchen«, schlug Mariele vor, nachdem wir außer Sichtweite des Försters waren. Wieder regte sich in mir das Verlangen, ihr solche Märchen, wie dieses vom eierlegenden Osterhasen durch vernünftige Gegenargumente zur Realität hin zu korrigieren. Im Sommer kam sie in die Schule, ihre Klassenkameradinnen sollten doch nicht über sie lachen, das auf keinen Fall.

»Hör zu«, sagte ich deshalb, »es gibt keinen Osterhasen. Der Hase hat nirgendwo eine Werkstatt. Er ist nichts weiter als ein Feldhase, und als solcher kann er natürlich keine Eier legen. Eier werden von Hühnern gelegt, du weißt das doch.«

»Wirklich?« fragte sie ebenso erstaunt wie entttäuscht, so dass ich es fast bereute, sie derart hart und erbarmungslos mit der rauhen Realität konfrontiert zu haben. Aber nun musste es durchgestanden werden.

»Das Märchen vom Osterhasen«, dozierte ich weiter, »erzählt man kleinen Kindern, damit sie brav sind und nicht soviel Unsinn anstellen. Du aber bist jetzt ein großes Mädchen und weißt, dass es die Hühner sind, die die Eier legen, nicht wahr?«

Mariele nickte.

»Ein Hase«, fuhr ich fort, »hat nichts damit zu tun. Er ist lediglich ein Symbol, wovon – das erkläre ich dir später einmal. Hat mit dem Frühling zu tun und damit, dass alles wächst und gedeiht. Mutti kauft die Eier im Geschäft, und sie kauft dort auch gleich die Farbe. Heute abend darfst du beim Ostereierfärben helfen.«

Das schien sie sehr zu interessieren, sie zog ihre Stirn kraus, ein Zeichen, dass sie intensiv über alles nachdachte, was sie gerade von mir gehört hatte.

»Warum«, fragte sie, »legen die Hühner nicht gleich farbige Eier?«

»Weil sie's nun mal nicht tun!«

»Ein weißes Huhn weiße, ein schwarzes Huhn schwarze«, schlug sie vor, »ein gelbes Huhn gelbe, ein grünes – grüne…«

»Ja, das wäre praktisch. Aber es ist eben nicht der Fall.«

Unser Spaziergang dauerte eine Stunde. Dann machten wir uns wieder einträchtig auf den Heimweg.

»Trotzdem werden wir Moosnester bauen«, tröstete ich Mariele. »Und wir werden morgen früh auch die bunten Eier im Garten suchen. Mutti wird sie wieder verstecken. Mutti – nicht irgendein Osterhase. Bin mal gespannt, wer die meisten finden wird!«

Plötzlich trat der Förster vor uns auf den Weg. Er legte den Zeigefinger an die Lippen und winkte uns heran.

»Willst du mal was sehr Schönes sehen?« fragte er Mariele flüsternd. Wir folgten ihm durchs Unterholz und konnten dann auf eine kleine Lichtung blicken. Dort spielten fünf Hasen im Gras. Zwei davon waren kleine, niedliche Häschen. Mariele jauchzte vor Freude. Mit einem Husch verschwanden die Tiere.

»Ja, wenn das nicht die Osterhasenwerkstatt ist, dann weiß ich nicht…«, sagte der Förster zu meinem Entsetzen und zwinkerte mir dabei schelmisch zu. Er nahm Mariele bei der Hand und führte sie über die Lichtung dorthin, wo die Hasenfamilie sich getummelt hatte.

»Nichts«, brummte er mit gespielter Unzufriedenheit, »nichts. Dabei müsste doch tatsächlich hier...«

»Da, da seh' ich was!« schrie Mariele jubelnd. Sie zeigte unter einen Holunderbusch. Aus einem geschickt hergerichteten Moosnest blinkten drei bunte Ostereier. Der Förster lachte und rieb sich die Hände, so dass ein Eichelhäher zeternd von der nahen Fichte aufflog.

»Hab ich es nicht gesagt?« dröhnte der Waidmann und schlug mir kräftig auf die Schulter, »ich kenne mich doch aus in meinem Revier!«

Mariele legte die Eier in die Taschen ihres Anoraks. Als sie unter dem Holunderbusch hervorgekrochen kam, sah sie mich mit jenem, mir nur zu bekannten Blick an, der mir von ihrer Mutter her vertraut genug ist, etwa, wenn ich ihr das physikalische Phänomen der Zeitverlängerung bei naher Lichtgeschwindigkeit im Weltall nach den Erkenntnissen Einsteins plausibel zu machen versuche (obwohl ich zugebe, dass auch ich es nur schwer begreife).

Der Förster strich gerührt über Marieles Haarschopf. »Ja, ja, die Kinder«, murmelte er. »Schade, dass sie so schnell erwachsen werden.«

Und nach dieser philosophischen Wendung verabschiedete er sich und ging weiter durch sein Revier.

Mal wieder lachen

Du solltest echt mal wieder lachen
und ganz verrückte Dinge machen,
und kurzentschlossen in dich gehn,
dann fest auf beiden Beinen stehn.

Du solltest mal ein Tänzchen wagen
und auch verwöhnen deinen Magen
mit Leckereien, superstark.
Wie köstlich Obst mit Sahnequark!

Du solltest mal ein Liedchen singen
und deiner Liebsten Blumen bringen,
und voll erleben, wie es ist,
wenn man den Alltag mal vergisst!

Vielleicht kannst du ein Fest gestalten,
und deine Knochen morsch, die alten
für Liegestütze zubereiten,
das musst du wagen, jetzt, beizeiten!

Du solltest neue Kleider tragen,
den flotten Modeschrei befragen.
Du könntest mannhaft, neu erstehn
viel köstlich reiche Ziele sehn.

Du solltest echt mal wieder lachen
und ganz verrückte Dinge machen.
Sag mutig zu dir selbst: »Ich Tor!
Jetzt bin ich klüger als zuvor!«

Das Kindsein bewahren

Der knapp fünfjährige Frieder brachte den Hefezopf zum Bäcker. In dem kleinen Dorf hatte damals nicht jeder Haushalt einen Backofen. Als Frieder zurückkam, blieb er bei der Mutter in der Küche stehen. Nach längerem Überlegen fragte er:

»Mama, was ist eine schwache Stunde?« Die Mutter wurde verlegen und sagte: »Ich hab' jetzt keine Zeit, frag' den Papa.« Frieder trabte ins Wohnzimmer und blieb vor seinem Vater stehen, der gerade die Zeitung las: »Papa, was ist eine schwache Stunde?« Erstaunt sah der Vater auf.

»In zehn Jahren reden wir darüber. – Fragen haben die Kinder! – Geh zum Opa, der weiß alles.« Folgsam ging der Junge ins Zimmer seines Großvaters.

»Du, Opa, was ist eine schwache Stunde?«

Der Opa nahm die Zigarre aus dem Mund und fragte: »Wie kommst du darauf, Frieder? Wer sagt so etwas?«

»Ach, weißt du, der Bäcker hat gesagt, in einer schwachen Stunde soll ich den Hefezopf wieder abholen …«

Kleine Kinder sind Lichtblicke im Dunkel der Tage, sie sind für mich wie Sternlein am nächtlichen Himmel! Sie besitzen die Fähigkeit, spontan zu fragen. Sie gehen den Dingen auf den Grund, sie sagen ehrlich ihre Meinung, sie können noch neugierig staunen, vor Freude strahlen, lachen, weinen, zornig sein. Mit ihren Unschuldsaugen betrachten sie die Welt ohne Hass und Misstrauen.

Wir sollten sie ernst nehmen und von ihnen lernen. Ich las einmal den Ausspruch eines bedeutsamen Mannes: »Ich nahm mein Kindsein unter den Arm und haute ab ins Leben!« Das echte, aufrichtige Kindsein mitzunehmen und bis ins Alter hinein zu bewahren, das ist nicht leicht. Denn es geht ja ums Kindsein und nicht ums Kindischwerden. Matthias Claudius hat es in seinem Abendlied »Der Mond ist aufgegangen« so gesagt: »Lass uns einfältig werden, und vor dir hier auf Erden wie Kinder fromm und fröhlich sein.

»Einfach werden, das Komplizierte mal beiseite lassen, offen sein für das Leben, ja, das erbitte ich mir.

Ich ertappe mich manchmal dabei, dass ich nur zum Einkaufen gehe, um Kindern zu begegnen, um sie anzusprechen, sie anzulachen und mich an ihrer fröhlichen Unbekümmertheit zu freuen. Dann entdecke ich wieder das Kind in mir.

Die Orange vom lieben Gott

Groß und gelb und kugelrund lag sie vor mir auf dem Pflaster. Vielleicht war sie von irgendeinem Obstkarren gerollt oder aus der Einkaufstasche einer eiligen Hausfrau gefallen.

Als ich sie aufhob und in der Hand wog, fühlte ich die feste Schale wie ein Geschenk, das ich unerwartet erhalten hatte. Ich verwahrte die Orange in meiner Jackentasche, um sie mir später schmecken zu lassen.

Einige Meter weiter traf ich Uli. Der siebenjährige Bub saß auf einer Bank in der kleinen Parkanlage und starrte vor sich hin. In regelmäßigen Abständen ließ er Kieselsteinchen aus seiner Faust auf die Erde plumpsen. Ich traf Uli oft im Park, wenn ich dort spazieren ging. Er war das einzige Kind seiner Eltern, die beide ab dem frühen Morgen – fünf Tage in der Woche – in der Fabrik arbeiteten. Nach Schulschluss hielt Uli sich gewöhnlich auf der Straße oder in der Parkanlage auf, bis seine Mutter von der Arbeit nach Hause kam. Regnete es, stellte er sich unter den großen Kastanienbaum im Park oder unter den nahen Torbogen. Keine zehn Pferde konnten Uli dazu bringen, der Einladung manchen Nachbarsfrauen zu folgen und mit ins Haus zu gehen. Er wartete getreulich auf seine Mutter, die gegen 14 Uhr die Straße hinunterkam und ihm schon von weitem zuwinkte. Dann setzte Uli sich in Trab und sein Gesicht leuchtete.

»Grüß Gott, Uli«, sagte ich und holte die Orange aus meiner Tasche. »Rate mal, woher ich die habe!«

»Du hast sie im Laden gekauft.«

»Falsch!«

»Dann bei der Obstfrau!«

»Auch falsch. Ich hab' sie überhaupt nicht gekauft.«

»Dann hast du sie von daheim mitgebracht.«

Ich schüttelte den Kopf. »Stell dir vor, ich habe diese schöne große Orange mitten auf der Straße gefunden. – Da, ich schenk' sie dir. Lass sie dir gut schmecken!«

Uli ließ sämtliche Kieselsteinchen aus der Hand auf die Erde rieseln. Dann nahm er die Frucht in Empfang. Er betrachtete und befühlte sie eingehend. Seine dunklen Augen sahen mich ernsthaft an.

»Gefunden hast du sie? Aber dann hat sie jemand verloren.« Ich konnte es nicht abstreiten. Für Uli war es eine wichtige Feststellung, so wichtig, dass er die Orange nur ansah und sie nicht schälte.

»Wer, meinst du, hat sie verloren?«

»Ach, vielleicht eine eilige Hausfrau. Oder sie ist von einem Obstkarren heute morgen heruntergerollt. Du weißt doch, von dem Karren, der zum Markt fährt.«

Uli sah mich zweifelnd an. Dann blickte er sehnsüchtig auf die große Orange in seiner kleinen Hand. Plötzlich ging ein Strahlen über sein Gesicht: »Ich weiß es. Die Orange ist vom lieben Gott!«

»Vom lieben Gott, wie kommst du darauf?« fragte ich verwundert.

Uli flüsterte geheimnisvoll: »Der liebe Gott kommt immer zu den Menschen, das hat unsere Religionslehrerin gesagt. – Vielleicht verkleidet er sich, damit wir ihn nicht erkennen, was meinst du? Auf alle Fälle, sicher hat er die Orange auf die Straße gelegt. Für uns.«

»Hast du dafür Beweise?« Ich sah den Kleinen an und wartete gespannt auf seine Antwort.

»Was sind Beweise?« erkundigte er sich. Ich setzte ihm auseinander, dass Beweise dazu dienen, die Wahrheit herauszufinden. Aber Uli wies mich zurecht:

»Wozu braucht der liebe Gott Beweise?« Der ist doch allmächtig.«

»Du hast recht«, gab ich zu. »Gott hat Beweise nicht nötig.«

»Wir werden gleich wissen, von wem die Orange ist«, meinte Uli und begann die Frucht zu schälen. »Wenn sie gut schmeckt, ist sie vom lieben Gott, wenn nicht, von einer Frau oder vom Obstwagen heute morgen.«

»In Ordnung!«

Er legte die Schalen sorgfältig in den Abfalleimer bei der Parkbank, dann gab er mir die Hälfte der Orange. Ich nahm einen Schnitz und biss hinein.

»Die schmeckt prima!« rief Uli fröhlich, der Orangensaft lief ihm die Mundwinkel hinunter. »Der liebe Gott hat die Orange absichtlich für uns auf die Straße gelegt, siehst du!«

»Ja«, sagte ich, »ich glaube auch, so ist es gewesen.« Aber er hörte mir nicht mehr zu, seine Mutter kam den Kiesweg entlang und Uli rannte ihr entgegen.

Hatte er nicht recht? Erwachsene denken viel zuviel ans Geldverdienen und Geschäftemachen. Sie vergessen darüber, woher alles Gute in Wahrheit kommt. Wie diese Orange auf der Straße.

Bernhard Kurrle

Bergwandern zur Glecksteinhütte

Wieder einmal bin ich im »Hüsli« auf dem Lauchbühl, einer gut eingerichteten Berghütte am Fuss des Wetterhorns. Kommt man von Grindelwald herauf, erreicht man sie auf halbem Weg zur großen Scheidegg.

Auch Jochen hat sich hier einquartiert, ein junger Student. Er ist mit Schweizer Bergfreunden verabredet. In drei oder vier Tagen wollen sie hinauf zum Wetterhorngipfel, einem beinahe Viertausender. Jochen kommt, wie er mir sagt, aus dem Flachland und da muss man sich vorweg halt einige Tage eingewöhnen.

Der Wetterhorngipfel – man müsste nochmal jung sein, anfangen können. Nie habe ich das Klettern versucht und jetzt ist es zu spät. Aber bergwandern, das kann ich, ausdauernd sogar. Da macht mir keiner so schnell was vor. Noch immer nicht!

Jochen wundert sich, dass ich mich eine ganze Woche hier allein herumtreiben will. Herumtreiben hat er gesagt! Das sei doch gegen alle Regeln, allein in den Bergen. Dieser Bursche, dem Alter nach könnte er mein Sohn sein. Ich kenne hier jeden Winkel! Und ich kenne meine Grenzen, und ich will auch immer wieder einmal mit mir allein sein, das kann er natürlich nicht verstehen, noch nicht. Soll er sich doch wundern!

Natürlich weiß ich, dass man es in den Bergen langsam angehen lassen soll, erst einmal Tritt fassen. Trotzdem plane ich für den zweiten Tag die für mich anspruchsvolle Tour zur Glecksteinhütte. Den Steig dorthin kenne ich sehr gut. Vom »Hüsli« aus vier Stunden bergauf, 800 Meter Höhenunterschied. Zwei Stunden zurück. Geübte Bergsteiger nehmen die Glecksteinhütte zum Ausgangspunkt für die Kletterstrecke zum Wetterhorngipfel. Mir muss sie als Ziel genug sein.

»Mehr als genug«, meint Jochen, »für den Anfang jedenfalls.« Er will sich mir anschließen. »Wenn's nicht zuviel ist für den Anfang«, spotte ich. Jochen pariert mit einem Augenzwinkern: »Vielleicht schon. Aber der Berg ruft! Du kennst das doch.«

Das Wetter zeigt sich beständig. Wir brechen auf, später als geplant. Noch steckt uns die Müdigkeit aus dem Tal in den Gliedern. Bald geht von der schmalen Straße rechts ein ausgetretener Pfad ab, gut markiert, über herabgeschwemmtes Geröll im ausgetrockneten Bachbett – erst am Nachmittag kommt an Sonnentagen Schmelzwasser vom Wetterhorngletscher. Dann steil aufwärts die letzten Matten.

Ich atme schwer, mühe mich, den ruhigen Berg-Wanderrhythmus zu finden. Noch gelingt es mir nicht.

Aber auch das hat sein Gutes. Leichtfüssig hätte ich womöglich die stille Pracht der späten Frühjahrsflora übersehen: gelbe Trollblumen, kleine Lilaglöckchen der Soldanella, Alpenanemonen, duftender Seidelbast.

In der Schattenecke der Wetterhornwand ein abschüssiges Schneefeld. Quer aufwärts führt die Trittspur im harschen Schnee. Ich beuge mich hinunter, will mich mit der Hand zur Bergseite hin abstützen. Jochen ruft mir lachend zu: »Aufrecht macht sicher!« Dieser moralisierende Jungschulmeister – weiß ich doch selber!

Bis zum Egg ist der schmale Steig eng am Berg angelegt. Linker Hand, senkrecht aufragend, die mächtige Felswand. Nach der anderen Seite der Absturz, vier- oder auch fünfhundert Meter in die Tiefe. Ich schaue hinunter – mir schwindelt, mein Atem geht kurz, stockend.

So habe ich das noch nie erlebt!

Was ist mit mir los? – Ich fasse wieder Tritt. Eine Schmalstelle über glatten Fels ist mit einem in der Wand verankerten Drahtseil gesichert. Dankbar greife ich danach. Hinter mir Jochen. Lächelt er über mein besorgtes Festhalten?

Vor dem Egg eine kurze Rast. Drüben, weit unter uns, das »Hüsli«. Dahinter, nach Norden zu, das Schwarzhorn. Im Westen, spielzeugklein

Grindelwald, die Kirche, der Bahnhof, die autobewegten Straßen.

Der Steig biegt nun scharf ab nach Süden, hinein in das aufsteigende Tal zwischen Wetterhorn und Mettenberg. Unter uns der obere Grindelwaldgletscher, an den Rändern schmutzigbraunes Geröll, zur Mitte hin und weiter hinauf tiefblau die gefährlichen Spalten.

Auch für wenig geübte ist der Aufstieg in diesem zweiten Teil ungefährlich. Aber schier endlos. Wir steigen in der prallen Sonne. Trotz leichtem Gepäck rinnt der Schweiß.

»Wir sind zwei Stunden zu spät dran«, sage ich.

»Und zwei Tage zu früh«, grinst Jochen.

Ich wende mich nicht um, aber ich meine es deutlich zu spüren: er grinst! Unter meinem Wanderhut kleben die Haare schweißnass. Ich nehme den Hut ab.

»He, du, die Sonne!« ruft Jochen mahnend. Weiß ich selber. Überhaupt: He, du – was ist das für ein Ton?

Ein kleiner Wasserfall, unter dem der Pfad hindurchführt, bringt kaum Erfrischung. Ich bleibe stehen.

»Weiter«, sagt Jochen, »nur keine Pausen! Das bringt nichts. Gleichmäßig weiter.« – Er zwängt sich an mir vorbei. Vorne will er sein. Der erste! Kunststück, er hat gut und gern 35 Jahre weniger auf dem Buckel. Soll er doch die Hütte im

Sturmlauf nehmen. Wenn er meint, dass mich das berührt, ha! – Natürlich berührt es mich.

Für kurze Zeit genieße ich, dass sich der Steig weniger steil hinzieht. Dann eine Spitzkehre, ich schaue hinauf. Enge Serpentinen im Fels. Ein Steilstück. Kenne ich. War doch schon mal hier. Wie oft eigentlich? Dreimal mindestens. Warum eigentlich ein viertes Mal? Warum nicht stehenbleiben, hinsetzen, rasten, umkehren, zurück zur Hütte? Warum nicht in den Schatten legen? Was zwingt mich da hinauf? Vielleicht der junge Bergsteiger, der mich mühelos überholt hat? – Ich will mithalten. Jochen ist schon ein paar Meter voraus. Der Abstand zu ihm wird größer, mein Schritt schwerer. Ich – hinterher. Das ist ungewohnt und kostet Kraft.

Noch eine Linkskehre. Wir sind endlich über dem Steilstück. Jochen bleibt stehen, wartet, nimmt den Hut ab, wischt sich den Schweiß von der Stirn.

»He, du«, rufe ich zornig, »die Sonne!«

Er sieht mich an, lacht. Ich versuche es auch. Dann holt er seinen Trinkvorrat, ungesüßten Tee, aus dem Rucksack. Zwei Becher. Wir trinken uns zu: zum Wohl!

»Hast' dich geärgert?« fragt Jochen. Eigentlich ist es mehr eine Feststellung.

»Ich? Nein, überhaupt nicht, nicht im geringsten«, gebe ich zurück. Befreiendes Lachen. Jochen lässt mich nun vorausgehen. Mir ist leichter zumute. Wir entdecken ein gutes Stück über uns die Hütte.

»Zwanzig Minuten noch, eine halbe Stunde vielleicht«, meint Jochen. »Wird heute nichts mit nur vier Stunden. Aber warum auch?«

Dann hocken wir auf der Sonnenterrasse der Hütte, die schweißnassen Hemden sind gewechselt, die Haut frisch eingecremt. Ein wohltuender Wind zieht um die Hüttenecke. Unser Durst ist gelöscht, jetzt schmecken die mitgeschleppten Vesperbrote.

Stille, eine tiefe Stille. Nur Dohlen streichen krächzend um die Hütte. Tiefblauer Himmel über uns. Drüben, nach Süden zu, öffnet sich das Gletscherbecken, zieht weit hinauf. Über dem hohen Horizont flimmert es dunstschwer. In die Stille hinein das Donnern der Schnee- und Eisbrüche, gewaltig, aufstaubend. Mehrfach das Echo.

Zum vierten Mal bin ich nun hier oben. Warum immer wieder diese Plagerei? Nein, wer angekommen ist, der fragt nicht warum.

Am Spätnachmittag machen wir uns auf den Heimweg. Ich bin glücklich und spüre doch auch Wehmut. Ob ich noch einmal hier heraufkomme? Es geht zurück über das Steilstück mit den engen Serpentinen, unter dem Wasserfall hindurch. Am Egg kommt uns eine Gruppe entgegen, gut ausgerüstet. Ein paar Worte hin und her. Ja, sie wollen zur Glecksteinhütte. Und morgen in aller Frühe zum Wetterhorngipfel.

»In ein paar Tagen steigst du auch hinauf«, sage ich zu Jochen im Weitergehen. »Es gibt Wege und Ziele, die muss ich den anderen überlassen.«

Jochen bleibt stehen. »Du warst das vierte Mal an der Glecksteinhütte, gratuliere!« Es tut mir gut, so wie er das sagt.

Wir sind am Schneefeld. Bedenkenlos gehe ich hinüber. »Schau, späte Bergkrokusse!« rufe ich Jochen zu. Er erinnert daran, dass es irgendwo am Glecksteinweg auch Edelweiß gibt. Ich weiß, viel weiter oben – und viel später im Jahr. Vielleicht findet er sie einmal, diese begehrte, seltene Bergblume. Sicher wird er sie finden. Ich hocke mich ins Gras, mitten zwischen Krokusse, blaue und weiße. Drunten, eine knappe Viertelstunde weit, steht das »Hüsli«.

Helmut Pätz

Die Panne im Wald

Sie gingen schon eine Weile schweigend nebeneinander her. Aber es war kein fremdes Schweigen zwischen ihnen wie sonst. Die Frau griff nach der Hand des Mannes, und er hielt sie fest. Sie schritten langsam, fast ein bisschen vorsichtig über den lockeren, noch feuchten Waldboden. Wie still es war! Nur ab und zu ein vereinzelter Vogelruf, wie verweht, dann irgendein Knacken im Unterholz.

Sie hatten eine Panne. Vor einer Viertelstunde war es passiert, gleich hinter der Abzweigung. Mit dem Motor stimmte etwas nicht, er klopfte schon eine Weile, schließlich hielten sie an.

»Mist!« sagte der Mann, als er ausstieg und die Motorhaube öffnete. Die Frau blieb sitzen, seufzte tief und schloss resigniert die Augen. In zwei Stunden mussten sie in der Stadt sein. Er hatte eine wichtige Unterredung mit seinen Geschäftspartnern. Ob sie wohl dafür Verständnis aufbringen würden, dass er sich verspätete? Wahrscheinlich nicht. Wieder seufzte sie. Er war so schrecklich nervös in letzter Zeit. Immer nur die Firma, Geschäfte, Konferenzen! Es rieb ihn auf.

Sie machte sich Sorgen um seine Gesundheit. Sie fragte sich, welchen Sinn dieses Hetzen und Jagen hatte. Das bisschen Wohlstand und Prestige…

Er kam zurück, setzte sich hinters Steuer und erklärte ärgerlich: »Ich kann nichts machen. Es nützt nichts, wir lassen den Wagen hier stehen und gehen ein Stück zu Fuß. Durch den Wald, dann über den kleinen Steg am Bach in Richtung Kirchdorf. An der Schneise ist eine Waldgaststätte. Von dort können wir den Abschleppdienst anrufen.«

So gingen sie nebeneinander den Waldweg entlang, jedes mit seinen eigenen Gedanken beschäftigt.

Der Bach versperrte den Weg. Kein Steg, keine Brücke, nichts. Die Frau blieb stehen. »Unmöglich, Herbert, meine neuen Schuhe!«

Er sah sie an, lachte. Wie lange hatte sie ihn nicht mehr so fröhlich lachen gehört? Ehe sie recht wusste, was ihr geschah, hatte er sie auf seine Arme genommen und trug sie langsam durchs Wasser auf die andere Seite.

»Du bist noch genauso leicht wie damals, als wir uns kennenlernten«, sagte er anerkennend, »weißt du noch, als du dir den Fuß verstaucht hattest und hilflos an der Brücke hocktest?«

Sie nickte. O ja, sie erinnerte sich ganz genau. Wie viele Jahre war das schon her? Damals war sie auf dem Weg ins Nachbardorf so unglücklich über eine Baumwurzel gestolpert, dass sie sich vor der Brücke ins Gras setzen musste. Der Fuß wurde rot, schwoll an und tat sehr weh. Bis zum Gasthof im Dorf hatte er sie getragen, ohne sie ein einziges Mal abzusetzen!

Wie jung er plötzlich aussah mit den kleinen Lachfältchen in den Augenwinkeln. Wie jung, trotz der grauen Haare und der fülliger gewordenen Figur! Schnell griff sie nach seiner Hand.

»Die Luft«, sagte er eifrig, »diese Waldluft. Du musst sie ganz tief einatmen.« Als er ihr leicht gerötetes Gesicht ansah, wurde ihm bewusst, wie blass es in den letzten Wochen gewesen war. Er dachte an die vielen Abende, ja Nächte, die sie in der Firma hinter dem Schreibtisch verbracht hatte, dicke Kontobücher vor sich ... Ab und zu hatte er dann bemerkt, wie sie müde und sehnsüchtig aus dem Fenster blickte, irgendwohin in die schwarze Nacht.

»Wir fahren heute nicht mehr in die Stadt«, sagte er plötzlich entschlossen. »Diesen Abend verbringen wir allein – irgendwo, nur wir zwei.«

Erschrocken blickte sie ihn an. »Aber die Besprechung, deine Geschäftsparner ...?«

Er legte den Arm um sie, eine Spur Übermut schwang in seiner Stimme mit: »Die? Lass sie nur warten!«

Nur eine Wasserlache

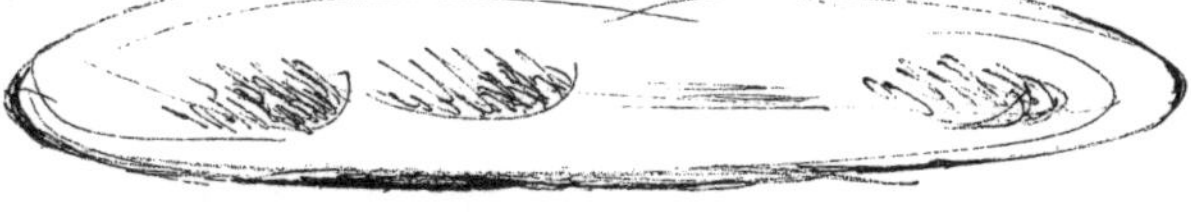

Nur eine Wasserlache

Eine schlichte Wasserlache möchte ich sein und den Himmel spiegeln«, sagte der brasilianische Erzbischof Helder Camara. »Eine schlichte Wasserlache…« Also kein berühmter Fluss, an dessen Ufer sich kleine und große Städte gründen; kein tosender Wasserfall, der staunende Menschen anlockt; kein weites Meer, das unergründliche Schätze in der Tiefe birgt und gewaltige Ozeanriesen trägt. Nur eine Wasserlache – habe ich den Mut zu dieser Bescheidenheit?

In einer Wasserlache, wie sie sich nach einem Regenschauer auf der Straße angesammelt hat, spiegelt sich der Himmel.

Wenn ich das übertrage, bedeutet es: Auch in meinem Leben soll »Himmel« sichtbar werden. Ich bin eingeladen und darf andere einladen, nach oben zu sehen ins Helle, in den offenen Horizont. Ich kann es wagen, mutig und hoffnungsvoll zu sein und anderen Mut zu machen, ich darf Hoffnung wecken und zum Leben anstiften. – Eine stille Wasserlache, die den Himmel spiegelt.

Aber kann die Wasserlache nicht austrocknen? – Ja, aber sie verdunstet dann in den »Himmel hinein«, der es zur rechten Zeit wieder regnen lassen wird.

Was geschieht, wenn jemand einen Stein in die Lache schleudert, wenn ein Auto durchfährt – wenn Gefahren und Unvorhergesehenes in mein Leben kommen, es durcheinanderbringen und beunruhigen? – Die Wasserlache wird nach einer Zeit wieder neu still werden, und der Himmel kann sich in ihr spiegeln.

Doch wenn ein Gewitter hereinbricht, wenn es in Strömen regnet und die kleine Lache ausufert und davonzufließen droht? – Vielleicht soll sie dann nur größer werden, ein größeres Stück Himmel widerspiegeln.

Von Gott angerührt werden, das kann mitreißen, erschüttern, aufrütteln. Aber es kann auch die Erfahrung von Geborgenheit und Zuversicht schenken, von Kraft, die jeder von uns zum Leben braucht. Der brasilianische Bischof hat recht, es ist nur nötig, eine schlichte Wasserlache zu sein.

Kastanien

Wenn der Wind durch unsere Straße tobt, dann fallen sie mit hartem Aufschlag zu Boden, platzen auf, verlassen die stachlig-grüne Umhüllung und kullern braun und glänzend weiter. Ich stehe am Fenster und sehe zu, wie die Kastanien von den Bäumen purzeln, abgerissen durch einen Windstoß, nicht durch Stockschläge kleiner Bubenhände. Ich beobachte, wie ein Kind an der Hand der Mutter sich bückt, eine der braunen Früchte aufhebt und sie freudestrahlend der Mutter entgegenstreckt, und den Hund, der an einer Kastanie schnuppert und gleich darauf weitertrottet. Uninteressant das Ding, es riecht nicht nach Knochen!

In der Straße meiner Kinderzeit gab es damals keine Kastanienbäume, nur Fabriken. Und ich beneidete die Jungen, die in der Nähe von Kastanienbäumen wohnten. Schon im Frühjahr, wenn sie ihre Blütenkerzen aufsteckten, fand ich sie bewundernswürdig. Aber dann, wenige Monate später, trugen sie Früchte. Und ich sah mich nach den Freunden um, die in einer Straße mit Kastanienbäumen wohnten. Nur nicht abseits ste-

jüngste seiner zahlreichen Enkelkinder auf dem Schoß.

Einmal fragte ich ihn, nachdem mir die Ähnlichkeit zwischen ihm und dem Säugling auf seinen Knien aufgefallen war: »Wie kommt es, Opa Kalluweit, dass die ganz jungen Menschen fast genauso aussehen wie die alten?«

Er lachte und meinte: »Weißt du, mein Kleiner, so ist halt das Leben: am Anfang keine Zähne und am Ende keine; am Anfang keine Haare und am Ende fehlen sie wieder. Das ist ein ewiger Kreislauf.«

Opa Kalluweit schenkte ich Kastanien, die ich zuvor angebohrt hatte. Er tat sie in seine Hosentasche und behauptete, nichts würde ihm so gut gegen sein Rheuma helfen wie meine angebohrten Kastanien.

Ich bin nun älter, als Opa Kalluweit es damals war. »Der ewige Kreislauf«, wie er es nannte, ist mir längst vertraut. Nur gegen mein Rheuma helfen die Kastanien in der Hosentasche nicht.

Wieland Schmid

Herr Bassler geht

Konrad Bassler, Leiter der Registratur in der Firma Schmöller KG, ist nun im Ruhestand. Seit einem halben Jahr. Zehn Jahre lang hatte er sich darauf gefreut, auf den Tag »F«, wie er ihn nannte, den »Tag der Freiheit und Freude«. Je näher der große und lange herbeigesehnte Tag aber rückte, desto zurückhaltender äußerte sich Herr Bassler, wenn er darauf angesprochen wurde: »Na, Sie gehen bald in Ruhestand, da freuen Sie sich sicher schon sehr?«

Früher hatte er meist lachend geantwortet: »Darauf können Sie sich felsenfest verlassen!«

Nach und nach wurden seine Antworten kürzer und kürzer, zuletzt war da zuweilen nur noch ein Brummen, das niemand ganz genau verstand.

An einem schönen Morgen stand dann der Tag »F« auf dem Kalenderblatt, vor ein paar Monaten bereits rot angestrichen. Zum letzten Mal ging er, wie gewohnt, am Aufzug vorbei und die zweiundzwanzig Stufen hinauf zu seinem Büro, setzte sich an seinen Schreibtisch, ließ das recht seltsame Gefühl des »Zum-allerletzten-Mal« auf sich wirken und wusste nicht, ob er nun glücklich, betrübt oder von jedem etwas sein sollte. Es war nur gut, dass nicht er für die Gestaltung dieses Tages, eines Freitags, verantwortlich war. Es gab ein paar Reden, gutgemeinte Reden und ehrliche dazu. Konrad Bassler war im Betrieb beliebt, nicht nur in seiner eigenen Abteilung. Er zählte zu den »Alten«, zum Stamm, auf den sich jeder Betrieb stützt und merkwürdigerweise dennoch nicht zusammenbricht, wenn eine Stütze nach der anderen ausscheidet.

Konrad Bassler wusste Bescheid, man konnte zu ihm kommen, wenn man Fragen hatte, er war stets freundlich und hilfsbereit. Fast immer, jedenfalls. Jeder Mensch hat nun mal seine guten und weniger guten Tage. Auf jeden Fall war Herr Bassler ein geschätzter Kollege, und so gab es zu den Reden und Blumen auch einige Geschenke, Erinnerungen an eine Zeit, die bald Vergangenheit sein würde.

Für Konrad Bassler begann ein neuer Lebensabschnitt.

Und daran dachte er mit sehr gemischten Gefühlen. Vor allem durfte ihn niemand daran erinnern. Nicht einmal seine Frau.

»Nun machen wir es uns für den Rest des Lebens leichter«, sagte sie gleich in den ersten Tagen seines Ruhestandes. Und sie war sehr erstaunt, als ihr Mann darauf höchst unwillig reagierte. Der immer, fast immer, so freundliche

Konrad Bassler, konnte auf einmal recht mürrisch, direkt unhöflich werden.

»Er wird ein wenig schnurrig«, sagten die Nachbarn, »er ist aus seinem gewohnten Rhythmus heraus. So ist es eben, wenn der Mensch älter wird.«

Das alles wusste der Ruheständler natürlich auch, er wusste es nur zu gut, dass er nicht mehr dazugehörte. Das brauchte ihm niemand zu sagen. Auch nicht, dass er älter geworden war. Doch war er fest entschlossen, etwas dagegen zu tun. Nein, er war noch lange nicht draußen!

So ging er an einem Montagmorgen, genau sechs Wochen nach seiner Verabschiedung, in seine alte Firma. Nicht so früh, wie gewohnt, das wäre lächerlich und wichtigtuerisch gewesen. Er erschien gegen zehn Uhr, weil da die Kollegen, die ehemaligen Kollegen, Pause machten.

»Na, wie geht's denn so?« – Er stellte fest, dass offensichtlich alles gut weiterging, dass die Firma Schmöller KG allem Anschein nach nicht vor dem Zusammenbruch stand. Ein neuer Schreibtisch zierte sein Büro, in der rechten Ecke, neben der Garderobe war ein Waschbecken installiert.

»Jetzt kommt die Sauberkeit zum Zuge, na ja, ich bin auch nicht mehr da«, scherzte Konrad Bassler und lachte. Einige Kollegen, die älteren, lachten mit.

Das nächste Mal, als er sein ehemaliges Büro besuchte, war auch sein Aktenschrank verschwunden und durch einen ganz neuen aus Metall ersetzt, auf dem zwei Computer standen. Er verspürte einen leisen Stich in der Herzgegend. Wo waren sein Schreibtisch und sein Aktenschrank hingekommen? Standen sie in einer anderen Abteilung? Er stellte eine vorsichtige Frage. Ach so, sie hatten die Möbel abholen lassen. Na ja, beide waren schon recht alt. Zum Sperrmüll? Der Stich wiederholte sich, diesmal etwas stärker als zuvor.

Auch ein neues Gesicht wandte sich ihm zu. Doris Klatte, seine »rechte Hand«, hatte geheiratet. Sie war ihm eigentlich nie so recht sympathisch gewesen, jetzt merkte er, dass er sie vermisste. Ein vertrautes Gesicht. Die Zeit nahm ihren Lauf. »Ist alles klar? Gibt es Probleme?« Ganz leicht sagte er es so dahin, es sollte nebensächlich klingen. Die anderen fassten es offenbar auch so auf. Niemand stellte eine Frage. »Na dann, ich lass' mich bei Gelegenheit wieder blicken…«

Beim dritten Mal waren es zwei neue Gesichter, und die ehemaligen Kollegen hatten diesmal wenig Zeit. »Alles in Ordnung?« Konrad Bassler zögerte, wartete eine Weile auf eine Reaktion und beschloss dann, als keine erfolgte, gewissermaßen zur Strafe, sich drei Wochen lang nicht mehr in der Firma sehen zu lassen. Nein, überlegte er, das ist vielleicht ein wenig zu lang, es könnte ja immerhin sein, dass doch die eine oder andere

Frage auftauchte, die nur er beantworten konnte. Zwei Wochen waren sicher besser. – Aber niemand hatte eine Frage, auch beim darauffolgenden Mal nicht. Ob er einen Rat geben könne, einen kleinen Tipp? »Nein, danke, wir schaffen das schon ...« Das war deutlich. Schmerzhaft deutlich.

»Machst du eigentlich keinen Besuch mehr in deiner früheren Firma?« fragte nach einigen Wochen seine Frau. Er schaute nur kurz von seiner Zeitungslektüre auf.

»Nein«, antwortete er nach kurzem Zögern, »sie kommen jetzt so einigermaßen allein zurecht.« Und nach einer winzigen Pause: »Es wurde ja auch langsam Zeit!«

Von diesem Augenblick an war Konrad Bassler endgültig im Ruhestand.

Ilse Tornscheidt

Leben heute

Verschiedene Leute trafen sich, alte ehemalige Mitarbeiter eines Betriebes und aktive Jüngere. Man sprach über die letzten technischen Errungenschaften, den Fortschritt in verschiedenen betrieblichen Arbeitsbereichen. Die Jungen priesen den neuen Stand der Technik, sie waren begeistert davon. Die Älteren schüttelten bei manchem die Köpfe und verstanden vieles nicht mehr. Sie fragten nach, kritisch, neugierig, interessiert. Sie erzählten von ihren Erfahrungen, die sie zu ihrer Zeit gemacht hatten.

Plötzlich fiel einer der Jüngeren einem Älteren ins Wort: »Das ist doch Schnee von gestern!« Betretenes Schweigen. Die Älteren verstanden, was der Junge sagen sollte: Seid still, was ihr von »damals« erzählt, ist abgetan, erledigt. Es ist Vergangenheit. Es stört nur. Dafür kann man sich heute nichts mehr kaufen. Es lohnt sich nicht, über euer »Damals« zu sprechen. »Schnee von gestern!« Ziemlich blöd, was ihr da redet. Nur die Zukunft zählt.

Es stimmte ja, für die Zukunft des Betriebs waren die Alten nicht mehr verantwortlich. Aber es schmerzte doch, dass die Erfahrungen aus der Vergangenheit nichts mehr wert sein sollten, noch schlimmer: nicht mehr zählten. »Schnee von gestern«, der ist bekanntlich längst dahingeschmolzen.

Das Fernsehen bringt uns massenhaft Bilder ins Wohnzimmer von Katastrophen in fernen und nahen Ländern. Die Eindrücke überschlagen sich oft. Ich kann mir nur wenig davon merken.

Aber einen Bericht über den bedrohlich abgesunkenen Wasserstand verschiedener Talsperren, der im vergangenen Sommer gesendet wurde, kann ich nicht vergessen. Gebieten, die vom Wasser aus den Talsperren gespeist wurden, drohte der Notstand. Menschen, deren Existenz vom Tourismus abhing, waren verunsichert, hatten Angst, wussten nicht, was sie tun sollten, wenn der Wasserstand noch weiter zurückging. Vom ausgetrockneten Nebenarm eines Flusses in der Gegend war die Rede. Die Bilder zeigten, wie bei normalem Wasserstand an den Ufern, auf Zeltplätzen und in naheliegenden Hotels buntes Leben herrschte. Wassersport treibende Menschen sah man da, Menschen, die sich am Surfen, Segeln, Angeln, Bootfahren oder Schwimmen freuten und sich erholten.

Nun war es still geworden, die Touristen fehlten. Was sollten sie auch in dieser trostlosen, ausgetrockneten Gegend tun? Die ganze Misere hatte ihren Grund im herrschenden Wassermangel. Wasser fehlte, weil in den Wintermonaten der Schnee in den Bergen ausgeblieben war. Es gab im Frühling keine Schneeschmelze und kein Wasser, das in die Dörfer fließen konnte. Der »Schnee von gestern« fehlte. Wäre er »gestern« in ausreichender Menge gefallen, hätten Talsperren und Flussläufe Wasser bekommen.

»Schnee von gestern« bedeutet zumindest in diesem auf dem Bildschirm gezeigten Land: Leben heute.

Vor einigen Jahren stand ich in einem Hochtal der Allgäuer Bergwelt. Es war Frühling. Schneebedeckte Gipfel, strahlende Sonne, blauer Himmel, Wärme. Ich hörte und sah, wie sich der Schnee auf den Bergwiesen unter den Sonnenstrahlen in Wasser verwandelte. Es versickerte in der Erde, quoll an manchen Stellen in Rinnsalen wieder hervor. Die Luft war erfüllt von leisem Plätschern und Rauschen. Der zu Wasser geschmolzene Schnee von Bergen und Matten suchte sich den Weg ins Tal. Auch hier wurde der »Schnee von gestern« morgen zum Lebensquell für Pflanzen und Tiere. Ohne den »Schnee von gestern« würde es nie dieses reiche blühende Leben geben.

Gilt das nicht auch für das Verhältnis von alten und jungen Menschen? Die Lebenserfahrungen der Alten als »Schnee von gestern« abzutun, könnte zu tiefster »Trockenheit« in unserer Gesellschaft führen. Im übertriebenen Jugendlichkeitswahn und Aktivismus ohne diesen »Schnee von gestern« leben zu wollen, würde unsere Welt ärmer machen. Es wäre ihr Tod.

Allerdings sollten wir Älteren bedenken, dass auch der Bergschnee durch die Wärme der Sonne verwandelt wird, bevor er als lebenserhaltendes Wasser wirken kann. Es gilt also, nicht zu resignieren und zu bedenken, dass die Weitergabe des reichen Erfahrungsschatzes einen Wandlungsprozess, einen vielleicht schmerzhaften Prozess einschließt. Verzichten können wir darauf nicht, denn nur »verwandelter Schnee von gestern« kann neue Lebenskräfte ins Heute bringen, wärmende, menschliche Züge in unsere unterkühlte, unpersönliche, technikgläubige Welt. Oft fällt es uns Älteren leichter, zu verurteilen als zu verstehen. Aber vielleicht ist die Empörung der Jungen über die Alten und ihre Erfahrungen nur der Versuch, das Gefühl der eigenen Fehlbarkeit lauthals zu übertönen?

Ehealltag – oder: Kakao für zwei

Susanne und Ulrich hatten schon lange keinen Kakao mehr getrunken. Ulrich konnte sich sogar noch ziemlich genau erinnern, wann es das letzte Mal gewesen war: Um die Zeit vor etwa 40 Jahren, damals als die Kinder ins »Teen«-Alter gekommen waren, und sie es natürlich unter ihrer Würde fanden, noch Kakao zu trinken.

Eines Tages nun bat Susanne Ulrich, ein Päckchen Kakao mitzubringen. Was sie damit vorhatte, sagte sie nicht. Aber als er das Haus verließ, rief sie ihm noch nach: »Bitte vergiss den Kakao nicht!«

Vielleicht war es diese dringliche Aufforderung gewesen, die ihn dazu brachte, tatsächlich am gleichen Tag den Kakao einzukaufen. Das Päckchen verschwand im Küchenschrank. Weiter geschah nichts.

Einige Tage danach trug Susanne Ulrich auf, bei einem seiner nächsten Einkäufe einen Liter Milch mehr mitzubringen. Er tat es. Die Milch wanderte in den Kühlschrank.

Drei oder vier Tage später verkündete Susanne überraschend beim Aufstehen, heute wolle sie Kakao kochen. Ein Schein freudiger Überraschung zog über Ulrichs Gesicht.

Als Susanne mit ihrer Toilette fertig war, stürmte sie in die Küche. Ulrich stand schon am Herd. Er hatte den Milchtopf aus der hintersten Ecke des Regals hervorgeholt und die nötigen Zutaten – Milch, Kakao, Zucker – auf dem Küchentisch aufgebaut. Gewohnheitsmäßig begann er, die Zubereitungsvorschriften, die auf der Kakaopackung abgedruckt waren, vorzulesen, weil das für Susannes schlechte Augen zu mühsam war. Susanne aber unterbrach ihn lächelnd und sagte: Aber Lieber, ich weiß doch, wie Kakao gekocht wird!«

Der größte Teil der Milch kam in den Topf, der Rest wurde in einem Krug mit Kakaopulver und Zucker verrührt. Den Milchtopf stellte Susanne auf den Herd.

Das Kochen der Milch war spannend. Seit seinen Kindertagen wusste Ulrich, dass Milch die Eigenschaft hat, beim Kochen überzulaufen. Das veranlasste ihn, immer wieder den Deckel des Topfes zu heben, um nachzusehen, ob die Milch nicht etwa hochkommen und überkochen würde. Susanne verstand zwar seine Ungeduld, sagte jedoch, man dürfe den Deckel nicht so häufig öffnen, weil sonst die Milch anhängen würde. Sie merke es schon, wenn die Milch soweit sei!

Ulrich ließ den Deckel einstweilen auf dem Topf. Aber seine innere Spannung stieg von Sekunde zu Sekunde. Um sich abzulenken, begann er darüber zu philosophieren, dass ein Milchtopfdeckel eigentlich durchsichtig sein müsse.

»Oh, diese Männer!« seufzte Susanne. Sie kannte Ulrich nur zu gut, um nicht zu wissen, dass der Gedanke mit dem gläsernen Deckel aus einer tiefsitzenden Skepsis gegen ihre Intuition kam. Er konnte einfach nicht verstehen, dass sie es im Gefühl hatte, wann die Milch überzulaufen drohte. Er hielt sich lieber an die Realitäten.

Zurück zur Milch. Ab und an linste Ulrich doch in den Topf; aber es tat sich nichts. Eine ganze Weile verging, bis endlich Blasen aufstiegen und die Milch im Topf hochzukommen begann. Ohne auf Susannes Intuition zu warten, zog Ulrich den Topf vom Feuer, bevor die Milch überschäumen konnte. Susanne verrührte das Gemisch im Krug mit der heißen Milch, goß alles zurück in den Topf und ließ es noch einmal aufkochen. Dann stellte sie den Kakao weg vom Herd.

Aufatmend nahm Ulrich seine Frau in die Arme. Die Spannung, die während des Kochvorgangs über ihnen gelegen hatte, wich. Ulrich holte Tassen aus dem Schrank, Susanne goß den Kakao ein und beide nahmen am Küchentisch Platz.

Der Geruch allein schon war betörend. Dann der langentbehrte Geschmack auf der Zunge. Susanne und Ulrich kamen ins Erzählen. Sie erinnerten sich an längst vergangene Zeiten: »Weißt du noch?« – Kannst du dich daran erinnern ... ?«

Wiewohl sie schon so lange verheiratet waren und auch meinten, eine gute Ehe zu führen, waren sie sich heute so nah wie schon lange nicht mehr.

Nur Sternstunden gibt es nicht

Der Schuldekan hatte die für den Religionsunterricht zuständigen Lehrkräfte einberufen, um uns die Lehrpläne auszuhändigen. Es war damals in den späten fünfziger Jahren. »Sie übernehmen die 6a«, sagte er zu mir, »das ist der letzte Versuch. Wenn es wieder nicht klappt, ist mit dem Religionsunterricht in dieser Klasse endgültig Schluss!«

Ich kannte das Urteil aller Kollegen über die Klasse 6a. Immer, wenn im Mädchengymnasium etwas Aufregendes geschah, war diese Klasse maßgeblich daran beteiligt. Dieser Unterricht war kein guter Start für eine junge Vikarin, die zudem nicht an übermäßigem Selbstbewusstsein litt. Ich fing also an und stand vor jeder Stunde unter großem seelischem Druck. Aber aufgeben konnte ich nicht.

Eines Tages war es soweit: Die Visitation durch den Prälaten stand an. An einem Dienstag, ausgerechnet in der ersten Stunde, in der ich in der 6a unterrichtete, wollte er zu mir kommen. Als ich die Klasse von der bevorstehenden Visitation in Kenntnis setzte, sagte ich, dass der Prälat nicht die Schülerinnen, sondern die Theologen prüfen wolle. Zufällig sei es die Stunde, in der ich die 6a unterrichten würde. Und dann fügte ich hinzu: »Ihr könnt mich also ganz schön reinlegen, wenn ihr das wollt!«

Wir behandelten damals Kirchengeschichte. Den Übergang vom Mittelalter zur Neuzeit: die Autorität der Kirche und ihre Bedeutung für die Menschen und alle Lebensbereiche; dann die aufkommenden Emanzipationsbestrebungen, die Umbrüche ... Die Stunde hatte ich ganz auf die Mitarbeit der Mädchen angelegt. Waren sie zum Widerstand entschlossen, so würde alles scheitern.

Es wurde eine Sternstunde. Nie zuvor und nie mehr später habe ich so eine Stunde erlebt. Die Schülerinnen überboten sich selbst. Sie arbeiteten vom ersten Augenblick an mit, warfen sich gegenseitig die Bälle zu, äußerten sich klug, nachdenklich, engagiert. Sie rissen mich mit. Ich musste nur noch durch Zwischenfragen oder Denkanstöße das Gespräch in Gang halten. Die Stunde verging wie im Flug.

Als am Nachmittag der Prälat zum Nachgespräch kam, äußerte er sich erstaunt über den Unterricht. Der Direktor habe ihn vorher gewarnt, und nun sei er überrascht, dass er die Klasse ganz anders erlebt habe.

Ich wusste: Es war nicht meine Stunde, es war die Stunde der 6a gewesen.

Als ich das nächste Mal unterrichtete, wurde ich unsanft von meiner Wolke heruntergeholt, denn alles misslang gründlich. Und ich hätte es wissen müssen.

Es kam noch manch bittere Erfahrung, bis ich begriff, dass auf einen Höhenflug sehr oft der Absturz, auf den Aufstieg ein Abstieg folgt. Das gehört zu den Gesetzen unseres Lebens. Auf diese Weise ist dafür gesorgt, dass wir uns nicht überheben und dass die Bäume nicht in den Himmel wachsen. Eine verrufene Klasse wird nicht mit einem Schlag eine gute sein!

Unsere Beziehung zueinander blieb bis zum Schuljahrsende ein Kampf mit wechselndem Ausgang. Wenn es darum ging, die Klasse für einen Dienst zu gewinnen, konnte ich mich darauf verlassen, dass die Mädchen mittaten. So gingen wir regelmäßig ins Krankenhaus und haben dort auf allen Stationen gesungen. Wenn wir diesen Einsatz planten, haben sich alle ausgesprochen gut benommen. Aber an die regulären Unterrichtsstunden dachte ich immer mit Angst. Störungen waren jedesmal vorprogrammiert.

Und doch ließen wir einander nicht los. Das ist so mit Menschen, die einem Schwierigkeiten machen. Sie beschäftigen einen besonders. Und die Mädchen hatten ja auch ihre Schwierigkeiten mit mir.

Als das Schuljahrsende kam, war es für einen beträchtlichen Teil der Klasse auch das Ende der

Schulzeit. Die Mädchen hörten mit der Mittleren Reife auf und steuerten eine Berufsausbildung an. Andere Bewährungen warteten auf sie.

Als ich zu Beginn des Schuljahrs die Klasse 6a übernahm, übernahm ich zugleich das herrschende Bild, ja das Urteil über sie. Und ich habe mich selbst und die Schülerinnen auf dieses Bild fixiert. Das war verhängnisvoll.

Dann hat mich die Sternstunde, jener Unterricht, in der die Visitation stattfand, gelehrt, wie sehr überkommene Bilder und Urteile trügen können. Menschen sind nicht einfach so, wie wir sie sehen oder wie wir sie sehen wollen oder wie uns unsere Angst einreden will. Ich war der Klasse von vornherein mit Misstrauen und Ungeduld begegnet. Und damit hatte ich die Mädchen festgelegt, es konnte nicht zum Miteinander und zu echter gemeinsamer Arbeit kommen. Ich hatte verhindert, dass die Klasse ihr wahres Gesicht, das Erwachsenwerden und die Schwierigkeiten dabei, zeigen konnten. Nur bei diesem einen Mal, in dieser Sternstunde, waren wir Partner gewesen.

Ich lernte, mich selbst zurückzunehmen, um andere wirklich ernst nehmen zu können.

Noch einmal ein kleiner Junge sein

Meistens ist es nichts Großes, das einen bleibenden Platz im Herzen findet. Bei mir war's ein gewöhnlicher Wintermorgen. – In der Nacht war Schnee gefallen. Früh am Morgen kratzten die Schneeschieber auf den Gehsteigen. Kinder kamen zu spät in die Schule, weil es soviel zu sehen gab und weil sie über einer Schneeballschlacht die Zeit vergaßen. Der Morgen roch nach Abenteuer, nach einer Entdekkungsreise mit Augen und Ohren, mit allen Sinnen und mit dem Herzen.

In einem solchen Wintermorgen schwingen Töne, ja ganze Melodien: der Schnee unter den Schuhen knarzt, die Schippen und Besen schaben, dumpf kollern die weißen Massen in die Rinnsteine, häufen sich zu Hügeln auf. Brummend wühlen sich die Autos durch verschneite Straßen.

Vom grauen schweren Himmel rieselten die Flocken, wurden dichter, bildeten einen zarten Vorhang. Es war kälter geworden; ich sah an den Fensterscheiben Eisblumen und vom Himmel kamen unzählige weiße Kristalle. Ich verfolgte die Flocken mit den Augen, bis sie sich niederließen auf der Mauer, dem Gehweg, meinem Mantelärmel. Aber mein Morgen war nicht grau, ich empfand ihn bunt und lebendig.

Sie meinen nun vielleicht, das alles sei eine romantische Erinnerung an einen Wintermorgen auf dem Land? Nein, ich erzähle von einem Vormittag im Februar, als ich unterwegs war in unserer Stadt. Ich ging vorbei an Häusern, Autos, Menschen. Das Standbild des alten Kaisers auf seinem bronzenen Pferd vor dem Schloss trug statt seiner Pickelhaube eine weiße Kappe. Ein weiches Schneekissen lag auf dem Knauf des mächtigen Schwertes. Friedlich sah der alte Herr dort aus, so friedlich wie der Schnee auf dem Platz.

Mir schien, als raunte es in dem Flockenwirbel: »Macht doch mal Pause, ihr Eiligen, genießt den Morgen, der sich an euch verschenkt. Schaut uns blitzende Schneekristalle an. Jede Flocke ein Kunstwerk! Und ganz umsonst zu haben. Ach so, ihr könnt uns nicht festhalten, nicht als Besitz mitnehmen; sind wir deshalb weniger wert?« – Trampelnde Schuhe, schwere Autoreifen zerquetschten die weiße Pracht zu schmutzigem Matsch. An der Haltestelle verebbte das Hasten. Schimpfen und Stampfen, ungeduldiges Auf-die-Uhr-Sehen, weil der Bus ausblieb, wurde aufgesogen vom Schnee. Fünf Zentimeter Schnee vermag schon alles lahmzulegen in einer Großstadt. Und plötzlich gaben auch die Wartenden das Schimpfen und Grollen auf. Manch einer sah aus, als erinnerte er sich an früher, als er noch Zeit hatte.

Auch ich fühlte mich versucht, tief in den Schnee vor meinen Füßen zu greifen, mit den Händen einen weißen festen Ball zu formen. Und dann tat ich es. Aber wohin damit? Die Versuchung war groß. Auf der anderen Straßenseite bot sich ein ideales Ziel: ein Firmenschild. Nein, das ging nicht. Schließlich war ich ein erwachsener Mann, was sollten die Leute von mir denken? Trotzdem – noch einmal ein kleiner Junge sein, wie herrlich wäre das an solch einem Morgen! Manchmal überkommt mich dieser Wunsch im Winter oder Frühling, im Sommer oder Herbst. Aber an diesem Februarmorgen, mitten in der verschneiten Stadt, da war er unwiderstehlich mächtig, so dass ich den Schneeball zwischen den Fingern knetete und die Kälte nicht spürte.

Ja, und dann flog dieser weiße, feste Ball dem Schild entgegen, sauste zu meiner Überraschung ein paar Zentimeter daran vorbei, haarscharf zwei, drei Zentimeter an der Blechkante vorbei. Früher wäre mir das nicht passiert, da traf jeder Wurf! Keine Übung mehr! Aber die Lausbubenzeit lag hinter mir, schließlich bin ich kein kleiner Junge mehr. Oder doch?

Ich fühlte mich leicht, wohl, quietschvergnügt betrat ich etwas später mein Büro. Die Kollegen sahen auf. Einer lächelte zurück. Das Lächeln eines Wintermorgens. Es steckte an.

Lotte Schabacker

Ein modernes Apfelbaummärchen

Er wusste nicht, wie alt er war, der Apfelbaum. Er erinnerte sich nur, dass er viele Sommer und Winter erlebt hatte, hier am Rand der Wiese. Klirrende Kälte, brütende Hitze, Stürme und Gewitter. Auch Sonnenschein und sternhelle Nächte.

In seiner Kindheit hatte er zunächst Wachstumsschwierigkeiten gehabt. Er war der »Benjamin« unter den vielen Obstbäumen auf der Wiese in der Hocheifel. Er war ein »Überbleibsel«, klein, schmächtig. Und vielleicht hatte es den Menschen nur leid getan, ihn einfach wegzuwerfen. So wurde er in eine kleine Grube am Ende der Wiese, am Waldrand eingepflanzt, die Erdschicht deckte nur knapp das darunterliegende Gestein. Aber der kleine Apfelbaum war zäh und wollte leben. Seine Wurzeln suchten so lange herum, bis sie Spalten im Stein fanden. Das hatte gleich zwei Vorteile: Er konnte sich fest verankern, und die Wühlmäuse bekamen keine Chance, ihn von unten her aufzufressen.

Früher war es lustig gewesen auf der Wiese! Da hatte er Gesellschaft gehabt: Kirsch-, Pflaumen-,

Birn- und andere Apfelbäume. Sie blühten um die Wette und zählten ihre Früchte. Wer am meisten zustande brachte, war König. Im Frühjahr wanderten Menschen zu der großen Wiese, blickten zu den vielen blühenden Baumkronen hinauf und lächelten. Im Herbst rückten sie mit Leitern und Körben an und pflückten Äpfel und Birnen. Viele sangen bei der Arbeit. Ja, es war eine schöne Zeit damals.

Plötzlich wurde alles anders. Ackerland sollte her. Dabei störten die Bäume. Sie mussten weg. Den kleinen Apfelbaum übersah man – oder ließ ihn absichtlich stehen, da oben am Waldrand. Dort konnte eh kein Pflug arbeiten.

Er war traurig, der Kleine, fühlte sich einsam. Zum Glück hielt die depressive Stimmung nicht lange an. Apfelbäume haben ein heiteres Naturell und gewöhnen sich an vieles. Und nun sah er, dass seitlich von ihm und hinter ihm baumähnliche Gebilde standen, die ebenfalls blühten und dann Früchte trugen: Schlehen, Holunder, Ebereschen. Nun war er, der kleine Apfelbaum, in jedem Jahr König!

Nach wie vor kamen Menschen und pflückten im Herbst seine Früchte. Kinder sammelten das Fallobst in Körbe und bissen auch mal in einen Apfel, warfen ihn dann aber oft wieder weg.

»Roh schmecken deine Äpfel nicht so gut, aber zu Mus oder Most eignen sie sich hervorragend«, raunte ihm der Wind zu.

Er wurde alt, der Apfelbaum, aber er tat immer noch, was er konnte und freute sich seines Lebens.

Doch dann kamen die Menschen nicht mehr mit Leitern und Körben. Ab und zu lasen vorbeieilende Kinder noch den einen oder anderen Apfel auf. Die meisten Früchte vermoderten im Gras.

»Die Menschen sind reich geworden«, flüsterte der Wind traurig. »Sie kaufen jetzt Obst aus fernen Ländern, Most holen sie sich flaschenweise aus den Supermärkten ...«

Der Baum gab sich Mühe, noch prächtiger zu blühen, noch mehr Früchte zu tragen. Die Menschen sollten ihn nicht vergessen. Ab und zu wanderten im Frühling auch ein paar Ausflügler den schmalen Pfad entlang, der an ihm vorbei auf den Berg führte. Wenn der Baum gerade blühte, zeigten sie mit Fingern auf ihn und lächelten fröhlich. Aber im Herbst kamen sie nicht wieder.

Von Jahr zu Jahr wurde dem Kleinen die Last seiner Äpfel schwerer. So sehr er sich bemühte, sie festzuhalten, bis Menschen kamen, um sie zu pflücken – einen Apfel nach dem anderen sah er zu Boden purzeln. Wenn dann ein Sturm heulte, war er den Rest schnell los. So lagen die Früchte im Gras und verfaulten.

Im letzten Herbst waren ihm nach einer stürmischen Nacht noch drei Äpfel an den Ästen geblieben. Alle Kraft in seinen Zweigen schien erlahmt. Er wusste, er würde auch die letzten drei Früchte, trotz aller Anstrengung, nicht mehr lange festhalten können. Da kamen drei Buben den Weg hinauf, vorbei an dem riesigen Acker, direkt auf ihn zu. Als sie neben ihm standen, ließ der alte Baum seine Äpfel fallen. Dreimal plumps! Sie rollten ein Stückchen den Hang hinunter, die Jungen bemerkten sie, holten sie sich und aßen sie auf. Mit Stumpf und Stiel! Dann blickten sie begehrlich zur Baumkrone hinauf. Aber da war nichts mehr. Endlich entdeckten sie auf dem Boden, unter dem Herbstlaub, noch ein paar brauchbare, kaum versehrte Äpfel.

»Mutter hat gesagt, Äpfel sind dieses Jahr sehr teuer!« rief einer der Buben. Sie sammelten alle Früchte, die sie noch fanden, und legten sie auf einen Haufen. Was nun? Die Jeanstaschen waren schmal, da passte kaum eine Briefmarke hinein. Einer der Jungen dachte kurz nach, zog seine Jacke aus, legte sie auf den Boden und packte alle Äpfel darauf. Gemeinsam machten die Kinder aus dem Ganzen ein Bündel. Dann zogen sie ab. Sie sahen sich auf dem Weg noch einige Male nach dem Baum um. Und sie sangen. Laut und falsch. Aber dem Baum klang es wie ein Liebeslied.

»Siehst du«, wisperte der Wind, »wie schnell sich die Zeiten ändern. Mach so weiter wie bisher! In den nächsten Jahren werden nicht nur die Äpfel teurer sein…«